CÁLLATE
NIÑA

Grandes Novelas

Cállate niña
Primera edición, octubre de 2011

D. R. © 2011, Rodolfo Naró
D. R. © 2011, Ediciones B México, S. A. de C. V.
    Bradley 52, Anzures DF-11590, México
    www.edicionesb.com.mx
    editorial@edicionesb.com

ISBN: 978-607-480-216-0

Impreso en México | *Printed in Mexico*

Rodolfo Naró

CÁLLATE NIÑA

EDICIONES B
MÉXICO

Barcelona · México · Bogotá · Buenos Aires · Caracas
Madrid · Miami · Montevideo · Santiago de Chile

1

QUÉ BUEN DÍA PARA MORIRSE. Mi madre siempre me dijo que mi papá era el mejor escritor de México. Aunque yo no lo conocí, nunca he dejado de idealizarlo, de imaginar que lo abrazo, que me ama. Desde niña una se cree el cuento del príncipe azul, reflejo del padre que todo lo sabe y todo lo puede. Jamás he tenido un hombre así a mi lado.

¿Por qué tenía que morir hoy? Sólo una vez lo busqué, por la ilusión de decirle papá, de que me llamara hija. Tenía veinte años y era la mejor bailarina de México. Estuve una hora en la cafetería de Bellas Artes y no llegó. La semana anterior había dejado la clínica de tabaquismo, casi había cumplido el programa de catorce semanas y en esa maldita hora volví a fumar, me volvió el sudor a las manos, el miedo a dejar de ser. Nunca he sabido esperar. Cuando estuve embarazada de Raúl, odiaba que me preguntaran si estaba esperando. Quería decirle a mi padre que llevaba en el vientre a su nieto. Moría de ganas por verlo de cerca y comprobar si tenía en el cuello un lunar igual que el mío. No llegó. No hubo pretexto. No hubo disculpas. Nada. Nunca le importé, nunca le he importado a nadie. Por qué me duele su muerte. Por qué estoy llorando como tonta al pie de la cama, mirando la televisión sin querer oír. Lo encontró su secretaria y a los primeros que llamó fue a los bomberos. ¿Qué me costaba haber ido a buscarlo? Paseo de la Reforma 368. Todo el mundo sabe dónde vive Belisario Rojas. Malditos reporteros, se han de meter hasta la cocina. ¿Por qué tenía que morir hoy?

No quiero contestar el teléfono. No voy a contestar. Seguro que es mi madre. Debe de estar viendo las noticias, histérica, al borde del suicidio. Será una de sus llamadas largas y cansadas, donde volverá a repetir lo mismo. Lo quise como a ninguno. Fue el hombre de mi vida. Ése del periódico es tu papá. Lo están entrevistando de nuevo. Ganó un premio. Mira, ya salió su nuevo libro, seguro éste sí me lo dedicó. Eres la única hija de Belisario Rojas. Siempre decía que no sabía en qué momento se había enamorado de él. Era muy apuesto. Seguro de sí mismo. Que la coincidencia los había reunido. Se conocieron cuando ella trabajaba en el *Excélsior* y él obtuvo la Beca Guggenheim. Esa mañana la chica encargada de Cultura llamó diciendo que no llegaría y mi madre se guardó la orden para ir a entrevistarlo. Se citaron a las cinco de la tarde en el Sanborns de Reforma. Ella llevaba sus libros de poesía para que se los firmara. Se compró un mini vestido con grandes flores anaranjadas y unos zapatos de plataforma que no se ha vuelto a poner. Los atesora en su clóset. Son los zapatos que me llevaron a tu padre, me decía. Toda mi vida me ha repetido la misma historia. Cuánto padeció su rechazo. Cómo anduvo persiguiéndolo, preguntándole por qué la había dejado, por qué no le contestaba las llamadas. La muy rogona, cómo no la iba a dejar. Lo esperaba en la esquina de su casa. Lo perseguía en los cafés de la Zona Rosa. Lo buscaba con cualquier pretexto. Cómo no la iba a dejar si nunca ha podido mantener un hombre a su lado. Ser mujer para complacerlos. Cómo no la iba a dejar si las mujeres embarazadas ya no servimos para nada. El muy cabrón se largó un año a París. Maldito París. Malditas becas. Nunca llegan cuando las necesitas. La mía del Fonca me la suspendieron al quedar embarazada de Raúl. Prometieron guardármela para el siguiente semestre y con el cambio de director, con la muerte de Raúl se hicieron pendejos. Fui una pendeja al creer que me la guardarían. Igual de pendeja que mi madre por pensar que después de un año Belisario Rojas me reconocería como su hija.

Ahora no, mamá. No quiero hablar contigo. No quiero hablar con nadie. Ni recordar cómo anduviste rodando conmigo. Que acabaste trabajando en el mismo Sanborns donde conociste a mi papá. Que esperabas verlo entrar a las cinco de la tarde, con un periódico bajo el brazo. En el Sanborns ligabas a tus amantes y me dejabas encargada con alguien de la dulcería, en la perfumería o con el vigilante. Nadie quería cuidarme. Ves, desde niña nadie ha querido cuidarme. ¿Y si fuera Antonio? ¡Maldita sea! Necesito espacio. Tampoco quiero hablar contigo, Antonio. ¡Ya no! Te dije las cosas muy claras y decidiste dejarme, terminar al fin. Necesito limpiar este desastre. Hace una semana que no me baño, que no lavo los trastos. Hay cucarachas en la cocina. Me repugna verlas correr entre los platos. Son asquerosas. No tengo una taza limpia ni calzones que ponerme. No tengo nada en el refrigerador, apenas me queda café y cigarros para mantenerme despierta, para esperarte. Antes prefería fumar que comer, al menos así me mantenía delgada. Ahora todo ha cambiado. Las sábanas aún te buscan, Antonio. Están manchadas de ti. Huelen a tu cuerpo. A tus ganas. No quiero que nada te pase. Dicen que todo se paga, que las cosas regresan. Pero yo no quiero que nada te pase. No busco venganza, sino detener esta mala energía. Me haces falta. Eres como mi grito en mitad de la pesadilla. Despiértame, dime que nada ha sido verdad. Levántame. Abrázame como un refugio de silencios adonde llego para escucharte. Nómbrame. Quiero estar segura de que me reconoces. Quiero escuchar de nuevo mi nombre como lo decías entre dientes. Dime que todo ha sido un mal sueño. No me vuelvas a dejar al final de la noche.

¿Realmente me querías o era sólo deseo? De qué me han servido estas piernas que ahora apenas me sostienen. Maldito cumpleaños en el que te conocí. Maldita la hora. Según tú, te enamoraste de mis piernas. No entiendo por qué, si nunca me viste bailar. Maldita aquella falda corta, malditos los mini vestidos, si pudiera los quemaría todos. ¿Dónde está mi falda negra? ¿Dónde están mis flores de Bach? A un lado, Pascuala. Pobre gata, tú eres la única que sigue conmigo. Mira, Pascuala, sigo siendo la mejor bailarina. ¿Quién ha bailado *Carmen* como yo?, le pregunté a Raúl. Nadie, nadie ha tenido tu fuerza en el escenario, me dijo. La noche del estreno estuvo pendiente de mis cambios. Sentí que me dirigía entre el público. Buscaba mis pasos, saltaba, giraba conmigo en cada *pirouette*. Él sí creyó en mí. Moldeó mi cuerpo con cada posición sin importarle mi dolor y mi llanto. Estiró mis músculos y huesos hasta el límite. Supo que podía lograrlo al ver el arco de mi pie. Tienes el arco de la Pávlova, me aseguró. Raúl no sólo se enamoró de mis piernas. No fue tan vulgar como tú, Antonio. Él sí me creyó cuando le dije que yo era hija de Belisario Rojas. Que no era una historia más de las que contaba mi madre cuando se emborrachaba. Raúl me daba recortes de periódicos donde entrevistaban a mi padre, me conseguía primeras ediciones de sus libros. Yo lo conozco muy bien, me decía, si quieres lo invito al estreno. Pero esa noche era mía. Mi padre, como tú, nunca me vio bailar.

2

«SE ESPERA QUE LLEGUEN los restos de Belisario Rojas al Palacio de Bellas Artes alrededor de las cinco de la tarde…» Mira, Pascuala, ése es mi papá, el que llevan dentro de la caja. Parece mentira. Una historia fantástica que cuenta el noticiero. Hay mentiras que se van heredando, como la de mi abuela a mi madre. La historia de abolengo, de la hacienda perdida en tiempos de Cárdenas. El cuento del gran amor de mi padre por ella.

Nunca te liberas de ser católico, de cargar con la culpa. Desde que naces ya vienes con tu pedazo de culpa, el pecado original que hay que reafirmar con el bautizo. Odio ir a bodas, primeras comuniones, cualquiera de esas teatralidades. No recuerdo a qué edad dejé de soñar con casarme vestida de blanco y ver el arroz volar sobre mí al salir de la iglesia. Quizá fue por el tiempo en que descubrí que nada dura toda la vida. A mis veintitrés aún confiaba en el amor. Guardaba la ilusión del amor ideal, el que te asalta a los catorce o quince años y que sobrevive apenas unos diez más. El amor que invade, que parece más importante que la propia vida. El amor que sacrifica y entrega. Que perdona sin preguntar. Que te cuentan maravilloso y terminas descubriendo que vive en la fantasía.

Tenía tanto miedo a los finales. Sabía que el nuestro, Antonio, tarde o temprano llegaría, ese sufrimiento es tan grande y hondo que no se compara con los picos de felicidad que pasamos juntos, perdidos en el recuerdo de la cotidianidad. No te das cuenta que los estás viviendo y al final terminas idealizándolos. Por eso no me entregaba, por miedo al inevitable fin. Pero ¿cómo dejarte pasar?, ¿cómo detener lo hermoso que vivía a tu lado? Tan parecido a la fantasía del primer amor. No pude aplicar el principio del jardinero: cortar lo que crece. No pude, no supe cómo y me dejé llevar. Ese 30 de enero que llegué a la fiesta de la mano de otro hombre, entré como buscando. Estabas detrás de la barra. Mis ojos se encontraron con tus labios. Me desnudaste con la mirada. Sentí cómo me quitabas cada prenda. Paso a paso me acercaba a ti, descalzándome. Con tus ojos clavándose en mis piernas. Te sentí en mi vientre con la fuerza de la sangre que engendra. Tu mano en mi cintura fue como una descarga de escalofrío. Como si hubieras sabido que no traía ropa interior, seguro por mi falda tan corta. Quedé a un paso de tu voz. Entregada. Vulnerable. Ya no hubo nadie más, ni tu pareja ni la mía. Cruzamos pensamientos. Deseos que erguían mi pecho buscando manos para reposar. Brazos para cobijarme. Vi cómo observabas la fiesta, los movimientos de la gente. Vi cómo estuviste pendiente de mí. Levantando mi mirada de algún rincón. Yo quería acercarme a ti. Abrazarte. Fui al baño. Necesitaba controlar mi deseo, reconocer mi olor. Tenía que saber si te gustaría. Me llevé los dedos a la boca. Si estuvieras ahí conmigo, ¿qué sería lo primero que buscaría tu lengua? Te sentía en mi bajo vientre. A ojos cerrados tocaba lo que tus manos descubrirían.

Te dije mi nombre tres veces. Te gustó cómo lo pronuncié. Repítelo, me pediste poco antes del amanecer. Yo sólo te veía los labios y tus ojos clavados en los míos. Te presumí que bailaba. ¿Desde cuándo?, preguntaste. Respondí que no quería fumar marihuana, la noche de año nuevo había fumado tanta, que prefería estar limpia. Pareciera que vienes sola, volví a escuchar. Te acercaste para decírmelo, también para oler mi cabello. Sí, vivo sola, contesté. Soy fotógrafo, dijiste. Yo te di mi número de teléfono al ver tus tenis rojos. Fueron la señal que tanto buscaba. Por eso me fui contigo esa misma noche, no quise esperar más. La única vez que había esperado fueron cuatro meses. Tenía veintiún años. Era la segunda vez que intentaba vivir sin pastillas ni terapia. Sin el acoso de mi madre o sus amigos. Esperaba al hijo de Raúl, director de la Compañía Nacional de Danza. El mejor coreógrafo del mundo. Una leyenda. De él se decían tantas cosas. Que había bajado al infierno y regresado con los pelos del diablo entre los dedos. Que era terrible caer en el doble filo de sus manos. Te hacía el traje a la medida o te cortaba en pedazos. Pero no era verdad. Raúl era tierno, generoso. También era alcohólico.

Él me enseñó a respirar, a controlar los impulsos, a manejar la energía. Decía que la bailarina primero debe bailar para sí misma. Hacerse desde adentro. Rigurosa, exacta como un reloj. Bailar la música, no bailar con ella. Pensar que no hay nadie más. Él y yo. Una y otra vez. No había horas de sueño, ni reposo. No me permitía bajar de las puntas. Transpira, navega por la humedad de tu cuerpo, me retaba. Para Raúl todo estaba mal. Llegué a odiarlo. Odié ser su bailarina, despertar en su cama. Yo no tenía a nadie más en el mundo y él confiaba en mí. En los ensayos generales había mucha mala energía. Risas burlonas. Un día no pude más y me desplomé. Desperté en sus brazos. Dijo que volveríamos a empezar. Que no estaba para contemplaciones. En la madrugada nos fuimos a su casa. Descubrí su mundo lleno de libros, de vestuarios, de triunfos. Raúl trabajaba desde su escritorio, que era un amontonamiento de papeles, bocetos, ceniceros con colillas de Raleigh, lápices de colores y polvo. Fumaba a toda hora, tenía las uñas largas y amarillas, los dientes manchados, los labios amoratados y resecos. Su olor era tan característico: transpiraba nicotina, el tufo de licores añejos que se revolvería con el olor podrido del cáncer. ¿Tú eres el minotauro?, le pregunté al ver una vieja fotografía de su estreno de *Carmen*. Soy el que has forjado. Al hacerte en el escenario, mi yo deshecho se forma otra vez. No te has dado cuenta cómo me reconstruyo en tu mirada. Que me reflejo en tus piernas, en los pasos que ya no puedo dar. Soy el toro que busca la sangre. La noche que estrenamos *Carmen*, mientras celebrábamos, me susurró que nunca había visto a nadie bailar como yo. Ni sentido el temblor de las tablas cuando reventaban bajo mis puntas. Que casi había estado perfecta. Ése ha sido el día más importante de mi vida. A pesar de que mi madre no estuvo en el teatro y en el último momento un ataque de pánico me hizo perder el equilibrio, Raúl no dejó de apoyarme, de presionarme para que estuviera lista. Desde la puerta del camerino me miraba, me daba fuerza, mientras escuchaba los primeros acordes de la orquesta entre los aplausos del público. Nadie me va a vencer, le dije, ni tú ni nadie. Festejamos el estreno en su casa. Él me enseñó a beber vino tinto. Al amanecer nos quedamos solos. Su cuerpo revivió con mi tacto. Quería darle más de mí. Creo que lo veía como a mi verdadero padre. Quizá lo odiaba con la misma fuerza que a él. También él me regañaba como si fuera su hija.

La noche que murió festejábamos el Premio Nacional de las Artes que le habían otorgado. No pudo asistir, vimos la ceremonia por televisión, en su casa, sólo él y yo. Pegaba sus manos a mi vientre. Me pedía que fumara. El médico le había prohibido acostarse conmigo. Tenía tanta ilusión de su hijo. Si es niño, se llamará como yo, me aseguró. Al terminar la ceremonia bailamos un vals de Strauss. La música inundaba la oscuridad. No prendas la luz, me susurró. Bebimos tanto, lo deseaba tanto que hicimos el amor y murió entre mis piernas.

3

No se ponen de acuerdo. En un noticiero dicen que fue suicidio. En el 13 no descartan el asesinato. Pudieron haberlo matado esbirros de Castro o la disidencia cubana, o la KGB, o los gringos, o algún poeta al que le negó la beca del Fonca o un político resentido. Tenía tantos enemigos.

Ven Pascuala, no quiero estar sola. Me duele la cabeza de tanto recordar. En mis primeras noches contigo, Antonio, te gustaba oírme contar que fui puta en La Habana. En esas noches de insomnio ni siquiera la leche caliente con miel servía para dormir. Recuerdo cuánta risa te daba mi remedio. A las tres de la madrugada despertaba y te decía, no tengo sueño, voy por leche con miel para seguir durmiendo. Te repetía que tú siguieras dormido. Pero me acompañabas y huíamos al sillón a fumar. Hasta que acompasé mi sueño al tuyo. Adoraba tu olor, dormir en tus brazos. Acostada sobre tu pecho. Más que creerte mío, me sentía tuya. Parte de tu cuerpo. Despertaba en la madrugada al dejar de sentirte. Quería repetir nuestro ritual. Abrazarme a ti. Escucharte otra vez contarme un relato improvisado. El misterio del colibrí, que vuela y vuela dejando la vida, buscando el sonido de la paz. O el de la niña que vivía en el bosque y hablaba con los árboles y sacaba alimento para los animales de su cabello rizado, como el mío. Ese cuento era mi favorito. Cada noche lo decías diferente, no como las historias que yo te contaba.

Al morir Raúl, su familia me dejó en la calle. Sólo pude conservar su viejo Opel. La noche que nos conocimos, en el cumpleaños de Paula, tu amiga argentina, también te platiqué de Jorge. El hombre que me llevó a La Habana. Después de mi aborto necesitaba a alguien conmigo. Llenar los espacios de Raúl. Jorge era editor, tenía un mundo propio y era lo que yo necesitaba. Por jugar dije que me llamaba Carmen. Él contestó que José. Vivía en Coyoacán. La primera noche que dormimos juntos me oriné en su cama. No fue un accidente, sino para marcar territorio. Me enseñó a chuparlo como a los hombres les gusta. Como a ti tanto te gustaba.

Estar con Jorge fue como volver a nacer. Decía que él terminaría de educarme. Sólo los perros se acercan al plato al comer, tú no, me enseñó. De dónde quería que hubiera aprendido buenos modales, si lo único que yo sabía era bailar. Pero a Jorge no le importaba. Lo enfurecía que no me supiera comportar ni sentarme con propiedad en la mesa con sus amigos escritores. Yo también soy artista, le reprochaba. Una vez me llevó a la Feria del Libro de Guadalajara, a lucirme como si fuera su trofeo. Allá le escuché decir que me había sacado del arroyo, que me creía Carmen. Al final terminaba presumiendo mis logros, mi estreno de *Carmen*, como si él hubiera estado entre el público. Jorge era dieciséis años mayor que yo. Me gustaba su cabello rebelde. Tenía una sonrisa extraña, nunca mostraba los dientes. Creí que a su lado encontraría refugio. Pero en realidad buscaba a Raúl.

Jorge aseguraba que el futuro estaba en los idiomas, que el mundo era cada vez más pequeño. Cuando lo acompañaba de viaje, mientras salía a trabajar, me dejaba en el hotel para que leyera. No necesitaba encerrarme, se llevaba toda mi ropa, la bata del baño, las toallas. Me prohibía ver televisión o dormirme. Yo arrasaba con las botellitas de licor que había en el servibar. Tienes que leer, me regañaba. Después pedía en la recepción que cerraran con llave el servibar. Así fue como leí *Ana Karenina,* todo Molière y Dickens. Con Jorge perfeccioné mi francés. Me obligaba a leerle *Les misérables* y *Madame Bovary* en su idioma original. Le excitaba imaginarme desnuda en el cuarto. Llamaba por teléfono. Preguntaba qué hacía. En qué posición estaba sentada o acostada. Me dejaba una Polaroid. Me ordenaba tomarme fotos y que me pusiera el teléfono entre las piernas para oírme terminar. Cortaba diciendo que ya venía y me dejaba esperándolo. Me ponía furiosa. Me aburría. Recordaba cuando era pequeña y hacía la siesta con mi madre. Al despertar, ella no estaba en la casa. Me enojaba conmigo misma por no darme cuenta en qué momento se había ido. Miraba televisión todo el día hasta que salían las franjas de colores. Regresaba borracha en la madrugada. Vengo con un amigo, decía. Ese hombre me llevaba a mi cuarto. Escuchaba que ponían música. Siempre era el mismo disco, que nunca pasaba de la sexta canción. No era raro oírla reír al mismo tiempo en que se rompían los vasos o se volcaban los ceniceros sobre el sillón que tanto me encargaba cuidar. Enseguida venían sus gritos de orgasmo o de pelea, reclamos en medio del llanto. El tipo se largaba azotando la puerta y yo tenía que salir a parar la música: un disco rayado de Jeannette que repetía como maldición «Por qué te vas». ¡Déjame tranquila! me gritaba mi madre y con un manotazo me hacía volar por los aires. Terminábamos durmiendo juntas.

A Jorge le excitaba pegarme. Tengo miedo de quedarme sola, le repetía medio borracha cuando llegaba en la madrugada. Mañana no me dejes sola, por favor. No respondía. Me azotaba las nalgas desnudas. Sus manos enormes y calientes me excitaban. Me gustaba someterlo. No, aún no me lleves a la cama, sedúceme de pie, le decía. Hincado me hacía sexo oral y yo lo ayudaba con un *attitude à la seconde* o con un *attitude devant croisé*. No había nada mejor que su miembro. Ni el dildo de plástico que usaba para cogérmelo. Con él conocí infinidad de juguetes sexuales. Cuando descubrió que sus castigos me calentaban, dejó de cogerme, dejó de pegarme. Tienes que leer, me reprochaba. Dejó de hacerme sentir su fuerza y perdí mi eje. Estuve otra vez vulnerable.

Nuestro viaje a La Habana marcó el final. A los pocos días que llegamos me llevó al teatro a ver *Carmen*. Estrené un vestido negro de lino, muy escotado. Fue con Jorge con quien dejé de usar ropa interior, para que los hombres me olieran. Apenas los miraba, ellos se quedaban paralizados, indefensos. El teatro estaba lleno. La función llevaba una hora de retraso. El público chiflaba, aplaudía, gritaba. Detrás del telón raído se alcanzaba a ver el ruedo. Estábamos sentados en la séptima fila. Jamás me han gustado los palcos ni sentarme muy adelante, prefiero sentirme rodeada. Esa noche dejé de quererlo. No me importó nada. Me sentía tan excitada, quería subir al escenario, estar de puntas delante del toro. La música era para mí. El teatro me aplaudía. La noche cerrada. Hilos de sudor se perdían en mi escote. En mi sexo cada vez más caliente y húmedo. Al final de la función, entre los gritos de euforia me quité el vestido y lo arrojé al público. Lo desgarraron como a un pedazo de carne. Me enfrenté a ellos. Buscaba sus miradas hambrientas. Jorge quiso detenerme, pero fue demasiado tarde. Caminé hasta alcanzar el pasillo. Quise llegar al escenario pero Jorge me detuvo, me cubrió con su camisa. Me apretó contra su pecho. Me dejó sentir otra vez su furia. ¿Ya no me quieres? ¿Ya no te importo? le pregunté, aguantándome el llanto. Estaba furioso. Me llevó por la calle jalándome del brazo. Decía que había ido demasiado lejos. Que si no me daba cuenta de que lo había puesto en peligro. Creí que cogeríamos como antes, pero no, me encerró con llave. Dos días más y nos vamos, me amenazó al salir. La antigua Habana. El hotel viejo. Sin muchas complicaciones abrí la puerta. Salí a buscar un hombre.

Me perdí entre la gente. Quería ser una de ellos, vivir como ellos. Volví al teatro. Ahí seguía Don José, como si supiera que regresaría a buscarlo. Escuchó el portazo que azoté adrede. Se volvió hacia mí. Aún le temblaban los músculos. Era más esbelto que en el escenario. ¿Eres tú la mexicana que se llevó los aplausos?, me preguntó. Su voz sonó firme. Con cada palabra mi corazón se agitaba más. Podía escuchar mi respiración. El roce de mis piernas al caminar. Si pudiera volver a mirarme en sus ojos. Eran verdes, como nunca he visto otros. Sus ojos eran tristes. Esos labios no pueden ser reales, pensé. No había mucha luz, sólo su respiración, los espasmos de sus músculos y los de mi vientre. Su olor que llenaba mis ganas. Su pecho descubierto y mis pasos. Su cabello rizado y mis dedos. Sus manos aferrándose a mi cintura. Un espejo roto, donde nos miramos. Él seguía casi desnudo, con su torso de mulato hecho de una pieza. Sus mallas estaban mojadas y rotas. Cogimos de pie. Montada en sus caderas, colgada de su cuello le repetí a media voz cuánto lo deseaba. Era como si su cuerpo entero estuviera dentro de mí y su fuerza estallara en mi interior. Me dejó sin aliento. Con sus manos marcadas en mis nalgas.

Esa noche no volví al hotel. Me fui con Lázaro. Jorge no tardó mucho en encontrarme. Sabía que estaría en el ensayo del García Lorca. Dijo que no podía volver sin mí. Que no quería perderme. Que había sido un pendejo por no darse cuenta, por dejarme esperando tantas noches. Quiso abrazarme. Lo aparté con rabia. Le dije que se fuera, que yo me quedaría en Cuba. Dime que ya no me quieres. Que ya no me deseas. Se lo dije. Trató de besarme y casi le arranco el labio de una mordida. Me das asco, tú y todos tus juguetes me dan asco. A ver si consigues quién te coja como yo, le dije y salí del teatro. Volví a verlo dos años después. Llegaría por mí en el momento justo.

4

S E LLAMABA NÁYADE y era la mujer de Lázaro, cuando llegué a su departamento me recibió con cierta indiferencia, como a una amiga más de él. Era flaca y tenía ojos amielados. No me extrañó verle pintadas las uñas de los pies. Después supe que allá era un lujo. Lázaro puso un catre cerca de su cama de latón. Su departamento era un cuarto de cinco por seis metros, en un edificio de El Vedado. Compartíamos el baño con un montón de gente y no podía tardarme mucho, porque más de una sería capaz de sacarme de los pelos. Desde la primera noche los oí coger, oía cómo Lázaro le reventaba los huesos. Náyade había dividido el cuarto con un lazo y una sábana. Vi la silueta de ella encima de él. Me masturbé escuchando sus gemidos, respirando el olor a sexo y los sudores inundaron el cuarto. Acabé llorando. Me sentí sola. ¿Qué hago aquí? me pregunté. La segunda noche me puse furiosa y la siguiente, también. Al quinto día le reclamé a Lázaro y él me abrió la puerta. Dijo que toda la ciudad era para mí. Yo no tengo necesidad de aguantar tus majaderías, negro de mierda, le grité y me fui. Pasé el día en la calle. De un lado para otro. Volví antes de la medianoche. Abrió Náyade, furiosa, porque nos habían cortado la luz y yo les había interrumpido la cogida.

Antes de completar la primera semana ya estaba en la cama con ellos. Esa noche, Lázaro nos cogió a las dos al mismo tiempo. Náyade fue la primera mujer con la que me acosté. Su beso fue distinto. Sentí más ligera su saliva. Su cuerpo blando y muy blanco. El juego de sus tetas en mi boca fue divertido. Yo estaba en cuatro patas y Lázaro arremetía con toda su fuerza. Eres un bruto, me daban ganas de gritarle. Nos puso una sobre la otra. Vientre contra vientre. Nos separó las piernas, un par a cada lado. Sin perder el ritmo salía de mí para entrar en ella, salía de ella y entraba en mí.

Una mañana, Lázaro me llevó al Ballet Nacional. Una mujer gorda con cara de celadora le preguntó si yo era la candidata. Fuimos con Alicia Alonso. Era una vieja impresionante. Una leyenda. Conocía su vida, sus técnicas. Había bailado su Carmen. Como ya estaba medio ciega me pidió que me acercara. Preguntó si era cierto que era la hija de Belisario Rojas. Le contesté que sí. Me tocó las piernas, el culo y dijo que estaba buena. Que me aceptaba. No lo podía creer. Esa noche celebramos a lo grande. A Lázaro le gustaba bailar tango con Ernesto, un chico que decía ser hijo del Che Guevara. Tenía cierto parecido. Era mecánico, arreglaba cualquier tipo de máquina que le pusieran en las manos, sus brazos eran fuertes, pero en los de Lázaro se veía dócil, se dejaba llevar tan fácil que hacían una pareja hermosa. Bailé tango con música de un bandoneón que tocaba un muchacho argentino, a quien las aguas de un naufragio amoroso lo habían arrastrado a la isla. En Cuba puede escasear de todo, pero ron y música se encuentran a la vuelta de la esquina. En las noches de luna llena íbamos a bailar al malecón, justo donde se termina la avenida Presidentes. Lázaro tocaba el djembé durante horas. Su ritmo viril y escandaloso hipnotizaba los movimientos de mi cuerpo, era como si la fuerza de sus manos estuviera ligada a la de mis piernas. Yo bailaba mientras él tocaba, él tocaba mientras yo bailaba. Compartíamos la marihuana como el pan. Cuando me llegaba el bajón moría por un Ferrero o un Carlos V. Dame de tu chocolate, papi, le decía a Lázaro y nos íbamos a los arbustos del camellón a coger, mirando las estrellas, escuchando el mar y las notas de djembé a ojos cerrados.

Menos de seis meses duré en el Ballet Nacional de Cuba. En algunas ocasiones estaba Alicia Alonso en el salón. Sabía las coreografías de memoria y aun con la música oía dónde caíamos, distinguía las puntas de cada una. Era una bruja. Para poner una nueva escenografía se guiaba por obras maestras. Pedía los colores de Velázquez, de Rivera. A la izquierda ponle el sepia de tal cuadro de Wilfredo Lam y al centro un negro de Goya, decía. Nunca llegó mi oportunidad para subir al escenario. Era al principio de los noventa, el rigor de la crisis por la caída de la Unión Soviética aún se dejaba sentir. La competencia allá es feroz, peor que en cualquier parte. Me odiaban por ser extranjera, por quitarle el lugar a alguna compañera cubana. Me hacían la vida pesada. Yo estaba muy sensible y extrañaba México. A pesar del calor insoportable me aplicaban la ley del hielo: durante semanas nadie me habló ni me dirigió la mirada. Una mañana llegué y encontré toda mi ropa amontonada afuera del camerino. Me acusaron de ladrona y yo le di una cachetada a una de ellas. Me la devolvió. Estábamos a punto de trenzarnos de los cabellos cuando nos separaron y nos echaron a la calle. Más tarde, en la madrugada nos asaltaron atrás del Capitolio. Lázaro y yo regresábamos a la casa. ¡Hijas de puta!, les grité al sentir un trancazo en el estómago. Se me echaron encima en medio de la oscuridad. Eran cuatro. Sacaron tijeras para trasquilarme el cabello y un *bat* de beisbol que casi me rompen en la cabeza. Como iba borracha no atiné a defenderme, sólo me quedé con las greñas de algunas entre los dedos. Supe que la bronca iba conmigo pues a Lázaro no lo tocaron, tampoco metió las manos para defenderme. Casi me rompen la nariz. Me aflojaron un diente. Regresé a casa sin un zapato, sofocada, temblando, escupiendo sangre. Lázaro me ofreció su brazo para caminar y yo me desquité con él. Lo jalé de los cabellos, por cobarde. ¡Vuelve, desgraciado!, le grité. ¡No me dejes sola, no puedo caminar! Esa noche maldije a esas cuatro putas y me gané fama de bruja. En menos de dos meses corrieron a dos del Ballet Nacional, otra sufrió tendonitis y no pudo estrenar. A la cuarta la mordió una burra cuando intentó ordeñarla.

5

Fui puta en La Habana más de un año. El amor con Lázaro no duró mucho tiempo. Pronto dejé de ser novedad y regresaron sus preferencias por Náyade. Sentí celos, un odio tremendo por todas las mujeres. Recordé a mi madre. A tu hombre tienes que cuidarlo con algodones, para que no se vaya con otra. Los hombres no buscan amor, buscan esto, repetía cuando me bañaba señalándome entre las piernas. Debes aprender a fingir, a manipular, si te enamoras terminarás como yo. Mírate en mi espejo. Entonces busqué vengarme de Lázaro en donde más le dolía: Náyade.

El día que le pregunté a Lázaro por su madre, me respondió que él era hijo de la Revolución. Sus padres habían huido a Miami y lo habían dejado con su abuela, pero había terminado criándose en casa de Náyade, como su hermano, con ciertas prerrogativas que le daba ser hija de un ex combatiente del Asalto al Cuartel Moncada. Para coger Lázaro nos ponía música de los Beatles, a pesar de que en la cabecera de la cama había un póster enorme y gastado de Fidel que rezaba «Nunca nos quitarán la esperanza». Lázaro soñaba con irse a Miami. Yo soy comunista porque vivo aquí, me contestó un día furioso al reclamarle no sé qué cosa. Quería irse a Estados Unidos en un submarino amarillo. Sabía la canción de memoria y la cantaba a pulmón. Disfrutaba coger a ritmo de *Yellow Submarine*. En Cuba pasé hambre. Entendí por qué Náyade estaba en los huesos. Entendí que Lázaro no era mío ni de ella. Desaparecía cuando se hartaba de tenernos, y no lo veíamos durante dos o tres días. Con lo que me revienta esperar. Por eso nadie quería cuidarme en la dulcería ni en la farmacia del Sanborns, donde me dejaba encargada mi madre. Nunca regresaba por mí a la hora que había convenido y sus compañeras ya no sabían qué hacer conmigo. Una noche me dejaron dormida en un gabinete, con el saco del vigilante como cobija. Mi madre llegó poco antes del cierre y les reprochó que no me hubieran dado de cenar. Por eso le dije a Náyade que yo no esperaba a nadie, menos a un hombre. No sé si me enamoré de ella o sólo era la necesidad de sentirme acompañada. Jamás he besado tanto a alguien como a Náyade. Jamás he tenido orgasmos tan intensos. Pasábamos horas en la cama, mirándonos, acariciándonos frente a un ventilador de fierro café de una velocidad, que movía el aire caliente de un lado a otro. Cerrábamos las ventanas para que no se escapara nuestro olor. El cuerpo nos lloraba de tan caliente, al rodarnos lo dejábamos impreso en la sábana. Nunca había tenido una vagina tan cerca. Descubrirla me asombró. Me gustó ser yo la que buscara, la que besara. Tampoco había visto el orgasmo en el rostro de una mujer. Su mirada estaba en otra parte. Sus gritos me sorprendieron. Cada atardecer de, por lo menos las siguientes dos semanas, nos metíamos a la cama a amarnos, hasta que Lázaro nos descubrió, se puso furioso y comenzó a golpearnos. Como yo tenía experiencia en eso, terminamos cogiendo de nuevo los tres. A la semana siguiente era el día de San Lázaro. Él tenía una penitencia que cumplir por los siglos de los siglos. Caminaba de rodillas hasta el altar, empujando una piedra con las piernas, vestido con chaleco y pantalones cortos de yute, hechos de costales para el azúcar. Los había heredado de su padre, un físico matemático que dejó el aliento en la zafra de los diez millones. ¿Y cuando te vayas a Miami, cómo le harás para visitar a tu santo?, le pregunté. Lo llevo conmigo. Me lo robo, contestó. El día en que se fue a cumplir su manda, Náyade y yo lo dejamos.

Cobraba cincuenta dólares o treinta o veinte si había poco turismo. Alguna noche me llevaron a la cama hasta por diez. Aun así había que repartir dinero a la policía, a los chivatones, a Osmani. Pagar el alquiler y reservar algo para el ron. Allá la coca era tan cara que para algunos era un mito del primer mundo. Yo era doble espía. Entraba como mexicana a las tiendas de turistas, compraba cigarros, chocolates, perfumes o botellas de licores finos para venderlos con Náyade en el mercado negro. Con los mexicanos me hacía pasar por cubana, trataba de no acostarme con ellos, son tan feos y pobres. Aunque si no había más, tenía que levantarme alguno. Eran los que más rápido se venían. Si preguntaban les decía: hace un año que ando en esto por necesidad, para ayudar a mi mamá. Los condones iban por cuenta del cliente, los de allí eran importados de china, muy cortos y de baja calidad. Realmente le temía al sida.

Náyade me ayudó a sacar mi carnet de identidad. Me lo fió Míster Levy, un judío que tenía muchos años de vivir en la isla. A pesar de estar medio ciego, era muy bueno para falsificar cualquier documento. Usaba lentes de fondo de botella, tan pesados que le marcaban la nariz casi hasta partírsela. Por el sudor que le escurría desde la calva, a cada momento hacía un gesto para volvérselos a colocar: una sonrisa forzada que dejaba ver pedazos de tabaco entre los dientes. Coleccionaba alacranes vivos. Los tenía en frascos de vidrio en cada rincón de su casa. Había de todos colores, pero el que más me llamó la atención fue un escorpión negro que tenía su propio hábitat. Le estoy buscando pareja, es macho, me dijo Míster Levy cuando me acerqué a verlo. Pues consiguiéndole ese bicho terminé de pagarle mi carnet poco antes de dejar Cuba.

Casi me cuesta la vida el piquete de ese escorpión hembra, precisamente en el cementerio.

6

Tú y yo somos tauro, Antonio, por eso nos llevábamos bien. Te conocí rápido y supe tus momentos. Adivinaba tus reacciones. Decías que tú eras un toro domado y yo uno salvaje, por mis arranques de furia. ¿Te abrían domado los zapatistas los meses que estuviste en la Selva Lacandona, librando tu propia guerra? Sé que te gustaba verme enojada, peleando con el vecino por dejar mi coche estorbándole la salida. El tipo venía furioso a tirarme la puerta antes de las 7 de la mañana. Hasta que me hartó y un día le rayé su carro. O la vez que le grité a tu vecina que no dejara su basura el fin de semana en la puerta de tu departamento. La verdad es que la mujer salía al pasillo en camisón y aún tenía buenas tetas. Entonces recordé cómo mi madre perseguía a mis compañeros del colegio. Sería el colmo que también te gustaran las viejas de sesenta.

Poco me duró el gusto de estar en La Habana, en la misma ciudad donde había vivido mi padre tantos años, donde sus libros se habían editado por miles y después se prohibieron. Fue un hijo de la Revolución que terminó perseguido por ellos mismos. También Náyade me llevó con Osmani, su jinetero. Esa noche me confesó que desde que estaba con Lázaro era una de sus chicas. A él debíamos de pagarle diez dólares por cliente. Pero no le creas nada de lo que te cuente, me advirtió, es un alardoso. La situación entre nosotras acabó mal. Náyade se enamoró de mí. Le dije que lo nuestro había sido un juego sin importancia. Ella gritó que estaba harta de los hombres. Que yo era igual que ellos. Que también la había engañado. Nunca te engañé, yo no soy lesbiana, le dije. De pronto sentí mucha nostalgia por Lázaro. Una vez lo seguí al santuario de su santo. Al salir hice como si nos hubiéramos encontrado. ¿Qué tanto le pides? Gástate las rodillas bailando, le reclamé. Tenía celos, no de las mujeres con las que se acostaba, sino envidia del escenario. Traté de volver al Ballet Nacional y no me dejaban ni siquiera ver los ensayos. Que estaba prohibido, gritó por enésima vez la mujer que cuidaba la puerta. Insistí varias semanas, diciéndole que yo también era cubana, que la Revolución nos había hecho iguales y que podía andar por donde quisiera. Nada valió. Fue cuando decidí volver a México. Pisar otra vez las tablas. No había nacido para ser puta ni para que me ningunearan. Del Ballet Nacional me fui al mercado a buscar a mi madre. De niña íbamos al de San Juan, me enseñaba los colores de las frutas, a descubrir sus sabores. Por eso, cuando me sentía sola en México, iba al mercado y me reencontraba con ella, con los ratos de felicidad que me hacían sentir única. Pero no la encontré, en el mercado de La Habana todo estaba podrido. No había fruta, sólo tubérculos y moscas. La gente compra jitomates pasados y los paga como si fueran berenjenas. Allá descubrí el café. El de Cuba es el mejor café que he tomado. A pesar de que nos lo daban revuelto con chícharo tostado para que rindiera más. Servía para engañar al estómago. Si la ración no alcanzaba desayunábamos agua caliente con azúcar y remojábamos una pieza de pan blanco. Esperaba el día 28 del mes para comer la caldosa, la sopa que compartíamos los del barrio. Consistía en llenar una gran olla con lo que cada quien tuviera para hacer un caldo espeso que a mí me sabía a paella. Por lo regular esas comidas acababan en fiesta, era lo mejor para quitarse la tentación de hablar sobre el Periodo Especial. Nadie se atrevía a criticar al sistema, a preguntarle al de junto qué pasaba con el compañero Fidel, a cuestionar sus decisiones o su último discurso. Disimulábamos en la mirada el miedo y la desesperación, más que el hambre en los pómulos. Ya no tenía ánimos para criticar. Estaba cansada, harta, acorralada. No podía deprimirme. Darme ese lujo. No podía dejarme caer o moriría de hambre. Me aguanté las ganas de llorar. Náyade ya no quería verme. Estaba furiosa y una mujer enojada es un ave de rapiña. Me llevó entre garras. Nunca supe si fue ella quien me echó encima tantas maldiciones. Como si me hubiera deseado todos los males: no conseguía clientes. Andaba sin rumbo por la calle. Sólo me quedaba Osmani. Aunque llegué a odiarlo, bailaba como nadie en Cuba. Tenía un guaguancó de fuego en las caderas y en la voz. Cantaba con un grupo de soneros en El Hotel Nacional. Yo podía pasarme varios días sin comer, varias noches sin dormir, seca de ron y tabaco pero no sin bailar con Osmani, tan hijo de puta. La quinta noche que me reclamó el dinero del día, le dije que tenía más dos semanas con la regla, que no se me iba con nada, le mostré el vientre inflamado, le repetí que me dolía. Le conté que dos noches atrás había un sapo en mi cuarto. Me preguntó si el bicho tenía la boca cosida. No sé. Estaba aterrada y le eché un trapo encima. En la mañana ya no estaba ni su rastro. Aseguró que Náyade me había hecho un trabajito. Que lo más probable era que un moruba se me había metido en el cuerpo. Hiciste enojar a Dada, orisha de la prosperidad, que es su santo, me afirmó la madrugada que me llevó a curar.

Yo le pedí que fuéramos con un médico y se negó. Seguro son quistes en los ovarios, le dije. Él aseguró que a la mano de un santero la dirige una divinidad y a la de un facultativo la conciencia.

Vivimos rodeados de espíritus. Fue lo primero que le escuché decir al yerbero. Me aseguró que traía a Raúl trepado en los hombros. Supe que se refería a él pues lo describió tal cual. *Mayombe* tira a *mayombe*. *Nganga* contra *nganga*, es decir energía contra energía. Los espíritus no encuentran reposo hasta que se les enfrenta con la guerra, me seguía explicando y volvía a tirar los caracoles. Era un mulato joven y guapo. Tenía la cabeza cubierta con un trapo. Lo usaba para que no lo vieran sus enemigos espirituales mientras trabajaba. Al revisarme las pupilas aseguró que no era un embrujo chino, que es el peor del mundo, y que sólo ellos mismos puede combatir. En Cuba dicen que los chinos comen carne de murciélago, que los sesos y los ojos son muy buenos para ver el Más Allá. Toda enfermedad tiene su antídoto en algún palo o yerbajo, pues representan un espíritu. Cada yerba tiene el nombre de un santo, seguía diciéndome muy cerca, para que nadie más escuchara. Para la acidez del estómago me recetó un cocimiento de albahaca morada de Oggún o mejorana de Obatalá. Primero tienes que creer, me aconsejó y me mandó al Monte a pedir. Así como el blanco va al templo a rogar por lo que no tiene o para que Cristo le cuide lo que es suyo, nosotros los cubanos vamos al Monte a pedir a las ánimas de nuestros muertos para que nos cuiden y nos den la salud que ellos ya no necesitan. Yo misma tenía que escoger la yerba con la que me iba a curar, pero antes de arrancarla debía saludar al Viento, al Monte, a los cuatro puntos cardinales. *Tié tié lo masimene. Ndiambo luweña, tié tié.* Te doy para que me permitas recoger lo que necesito para un talismán. Tenía que dejar una ofrenda, porque cada árbol, rama o piedra pertenece al Monte y yo no me lo podía llevar sin dejar un pago. El mulato me dio unas semillas para que las plantara donde cortara mi *palo*.

Volvimos Osmani y yo la semana siguiente. Pasé una mañana rezando, alucinada en conferencia con los espíritus del bien y del mal. Deshaciendo cualquier embrujo. Escuché al santero hablar con voz de niño, de anciana, con la mirada perdida, como si estuviera poseído. Al final me sacó un sapo de entre las piernas. Es el mismo que estaba en mi cuarto, le grité espantada. Relájate, me dijo con su propio tono de voz. Cerré los ojos y me sentí rodeada de gente, muchas manos tocándome, los abrí y sólo estábamos él y yo. Conforme pasaban las horas lo veía cambiar de color, ya no era mulato sino azul o verde. Encomiéndate a tu santo. Apenas lo escuché y volví a cerrar los ojos, pero me di cuenta de que no tenía a quién encomendarme. Estaba empezando a dejar de creer hasta en mí misma. La habitación estaba llena de humo, de gallinas que no dejaban de cacarear. En las paredes colgaban plumas, pellejos de animales, collares, la foto de un viejo. Yo estaba acostada al pie de un altar con muñecas que habían pasado media vida enterradas en cementerios. Cráneos renegridos por el humo de inciensos. Huesos, muchos huesos, montones de huesos. El santero me encomendó a Elegguá. Sacrificó un pollo. Lo quemó. Revolvió las cenizas con distintas pimientas y le dio de comer y de beber chorros de sangre a Elegguá. Como el pollito sigue a la gallina, que la suerte te siga a ti. Como el ñame volador crece hacia el cielo, subiendo vayas también tú por la vida, dijo y terminó por explicarme que era un pacto indisoluble. Antes de marcharnos me regaló otro pollo que sería mi guardiero, el protector que recogería cualquier enfermedad o mal de ojo que me hicieran. Extrañé a Náyade. Quise buscar a Lázaro. Me sentía ajena. Lloraba sin motivo mientras esperaba la guagua entre el montón de gente. Ya no quería confiar en nadie. Estaba perdida.

Un mes después seguía enferma y sin clientes. Osmani no dejaba de amenazarme, me obligaba a trabajar. Al parecer se había puesto de acuerdo con Míster Levy, que también me presionaba para que le terminara de pagar el carnet que me había falsificado. Fuimos de nuevo con el santero. Para que te pongas buena y consigas plata, dijo. Yo no quería volver, tenía miedo, prefería a mis santos. No me escuchó, se puso furioso y me llevó a rastras. El santero ya no era el mulato hermoso que me había revisado unas semanas atrás, se había vuelto distante y frío. Tuve que confesar que la yerba que llevé la vez anterior no la había arrancado del Monte, y tampoco había plantado las semillas. Contestó que ya lo sabía, que hice enojar a los suyos. Para anticiparnos a una mayor desgracia, me dijo que me había conseguido una cita con los orishas.

Osmani me llevó a media noche al cementerio. El muy cobarde no quiso entrar. Le rogué que me acompañara, que yo sola no podría sacar a un muerto de su tumba y regresar con sus huesos en un costal, me moría de espanto. Contestó que eso debía haberlo pensado antes de jugar con ellos. Al cabo aquí hay muchas tumbas abiertas, me amenazó. Me jaloneó del brazo y me empujó para que entrara. No había luna, sólo el silencio de la oscuridad que temía romper con mis ganas de llorar. El miedo me secaba la boca y me hacía abrir más los ojos para no caer en un hoyo. Escarbé como pude. Con las manos y mi desesperación removí toneladas de tierra. Justo al momento de sentir los huesos fríos y astillados del muerto, unos gatos empezaron a chillar peor que yo. Ya con el muerto en el costal, a punto de irme, sentí un piquete horrible en el tobillo. Grité tanto que Osmani llegó a ver qué pasaba. No sé, algo me picó y no puedo caminar, le dije. Alumbró con la lámpara y vimos, acorralado entre los escombros un escorpión gigante. Llévatelo, me gritó Osmani, es el espíritu de la osamenta. Al llegar con el santero Míster Levy ya estaba ahí. Yo había vomitado en el camino y seguía con náuseas, escalofrío, una taquicardia tan fuerte que me cortaba la respiración. Fascinante, dijo Míster Levy al ver el escorpión que Osmani llevaba en un pañuelo. Después de meterlo en un frasco y de volver a verlo, ahora a contraluz, me inyectó un antídoto que poco a poco me normalizó el pulso. Estuve tres días en cama, con fiebre y sudoración, diarrea y vómito. A la semana siguiente, aún con el tobillo a punto de la gangrena, fuimos al Monte y entre las raíces de una ceiba enterré el saco negro con los restos del muerto. Osmani y el santero estaban conmigo. El brujo me ordenó que apartara varios puños de tierra. Hay una mujer que te odia y para hacerla volver sobre sus pasos debe caminar sobre esta tierra. Encendí una vela. Esperamos a que el espíritu apareciera para sellar el pacto, fijar el precio, acceder y rechazar sus exigencias. Era el momento más peligroso de la noche, tenía que esclavizar al muerto.

De algo sirvieron mis rezos a la virgen del Cobre, a quien le pedí con el mismo fervor que Lázaro a su santo, o habrá sido la sangre del pollo a Elegguá, o la tierra que dejé en la puerta de la casa de aquellas locas que me desgreñaron atrás del Capitolio, o sería el espíritu que tenía a mi servicio, que me empezó a ir bien. Trabajé forjando habanos, robándome cajas para ofrecerlas de contrabando en los hoteles. Aprendí a tallar madera para venderla los domingos en La Rampa, y un mes antes de volver, me recomendaron para el mejor trabajo que se puede tener en Cuba: ser rumbera en el Tropicana.

Tuvieron que pasar dos años para que volviera Jorge a la feria del libro y me pagara el boleto de regreso a México. Busqué a Náyade, pero no la encontré, y nadie quería decirme nada de ella. Osmani me aseguró que se había ido a Camagüey. Pensé que se escondía, que de verdad me odiaba como aseguró la noche que discutimos. Un día antes de partir, cuando había perdido la esperanza de despedirme, apareció. Estaba muy golpeada y más flaca que nunca. El muy hijo de puta de Osmani la había tenido encerrada y la había violado no sabía cuántas veces, me dijo mostrándome los moretones. Me dieron ganas de matarlo. A mí nunca me ha puesto la mano encima, le dije. Por miedo. Acá tú eres extranjera y son muchos años de cárcel si lo denuncias, me confesó. Le regalé mis trapos, todo lo que tenía. De camino al aeropuerto pasamos a casa de Osmani, cómo yo sabía donde guardaba el dinero, le di a Náyade los dólares que tenía ahorrados, sus anillos y un torzal de oro.

En menos de lo que canta un gallo, el pollo que me cuidaba creció. No sabía si llevármelo, quizá alguna nueva maldición me seguiría a México si lo abandonaba. También se lo di a Náyade. Te seguirá cuidando, le dije. En el aeropuerto recordé la sensación que sentí cuando llegué a Cuba. Las salas de arribo son tan frías y calladas como un hospital abandonado. Estaban en penumbra y conforme caminábamos con el grupo de turistas, las luces de los pasillos se iban encendiendo y apagando aquellas de las salas que dejábamos atrás. Antes de abordar el avión rompí mi carnet de identidad en las narices de un policía.

Al llegar a México, los médicos no podían creer mi grado de anemia y desnutrición. La infección renal se había complicado con el virus del papiloma. O el virus se había complicado con otra supuración extraña que me hacía subir la temperatura del cuerpo en las noches. Seguramente ese fue el sapo que me sacó el santero y el cual ahuyentaba a los clientes. La curación que me hicieron no me dolió tanto por el consuelo de estar de vuelta. Años después supe por una amiga de Náyade que me habló desde Miami, que Lázaro estaba preso por intentar huir de Cuba. Lo habían encontrado en altamar abrazado a un San Lázaro de madera que había robado de su templo. Al final le había salvado la vida. De mi gallo no volví a saber nada. Todavía lo sueño, en las madrugadas me despierta su canto ensangrentado. Quiero creer que aún me cuida.

7

ICEN EN LA TELE que los restos de Belisario Rojas llegarán a Bellas Artes a las cinco de la tarde. Que suspenderán la función de ópera. Al único hombre que considero mi papá, es a Conrado. Mi madre lo llevó a vivir con nosotras cuando yo tenía seis años y nos abandonó una semana antes de que cumpliera los doce. La relación entre ellos se hizo insostenible. Su último año juntos fueron portazos, peleas y el llanto de mi madre. Nunca lo llamé papá, por tonta. Porque mamá repetía que el señor de la tele, el que salía tanto en los periódicos, el gran escritor, era mi padre. Pero Conrado se había ganado esa palabra. Cuando llegó puso orden en la casa. Echó llave a los clósets para que no me metiera en ellos a jugar o a dormir. Yo tenía un mes que no me bañaba, que no me recortaba las uñas de pies y manos. Tenía el pelo abatanado, yo sola no podía cepillármelo, había que ponerme un enjuague especial y una crema para alisarlo. Muy corto se esponjaba, demasiado largo, se me hacían nudos. Mi madre odiaba mi cabello, decía no saber de quién lo había heredado. Recogérmelo y ovillarlo para bailar también era un problema, nada podía contenerlo. Igual que Antonio, Conrado me cepillaba en las noches, me peinaba en la mañana y preparaba el desayuno. Desde el primer día él me llevaba al colegio y en la tarde mi mamá iba por mí, aunque a veces se le olvidaba. Al enterarse Conrado también me recogía por las tardes y me llevaba a mis clases de ballet. Luego nos íbamos a cenar pizza, me compraba juguetes y dulces. Me ayudaba con mis tareas. A Conrado le debo la letra que tengo, por tantas horas que pasábamos haciendo caligrafía.

Nuestras primeras vacaciones juntos nos llevó a Veracruz. Fuimos cantando durante el trayecto. Nos contaba historias del puerto, cuentos de pescadores y piratas. Me leía antes de dormir y sentía en mi mejilla su beso de despedida. En mis sueños le decía buenas noches, papá. Eso tampoco lo soportó mi madre. Sentía celos de la relación tan especial que teníamos. Muchas veces la oí reclamarle que le estaba robando el cariño de su hija, que era un manipulador. Los últimos meses que vivió en casa, los pasó en el cuarto de servicio. Mi madre lo echó del suyo y él se las arregló para entrar en ese cuartito, junto con la lavadora de ropa y la colección de la revista *Hola,* que mamá compraba desde hacía muchos años. Una noche antes de que se fuera, le pidió que al menos a mí, no me abandonara. Que él siempre sería el padre de su hija. Pero nunca fui una niña bisagra. Conrado le prometió que cada semana vendría a verme. Que el sábado estaría para mi cumpleaños. A la mañana siguiente se despidió de mí, me besó en la frente creyendo que aún dormía. No me atreví a abrazarlo, a decirle nada. Tenía miedo de abrir los ojos y verlo marcharse. Mucho tiempo me sobrevivió la esperanza de que regresaría. Jamás volvió. Lo esperé más tiempo que mi madre.

Nadie me ha cuidado como lo hizo él. Mamá sólo se encargaba de mí cuando me enfermaba, entonces quería ponerme mal, de veras grave para sentir su abrazo. Ahora creo que ella me descuidaba a propósito para que me resfriara y pudiera demostrarme su cariño. Fue un acuerdo no hablado entre nosotras y volvimos a él cuando Conrado nos dejó. En las noches me rascaba la cabeza hasta sangrarme o me levantaba las costras. A la mañana mi madre me espulgaba para curarme con acetona. Pero tampoco eso fue suficiente para evitar que se pasara los fines de semana en cama, con los ojos cerrados. O bebiendo, pidiéndome perdón al final de la primera botella. Me acunaba como a un bebé hasta que se dormía. Apenas comíamos. Como pasábamos semanas sin ir al mercado, yo metía *tupperwares* vacíos al refrigerador para sentir que lo teníamos lleno. Nuestro mayor lujo era el pollo rostizado que compraba algunos domingos. Lo dejaba en mitad de la mesa en la misma bolsa de plástico en la que había llegado. Yo le arrancaba trozos con la mano, mientras ella, entre cigarro y cigarro, se comía una pierna y leía la nueva *Hola* de la semana. El lunes no iba a la oficina, me pedía que hablara a su trabajo para decir que estaba enferma. Era secretaria en una fábrica de plásticos. Antes de irme a la escuela la veía desde la puerta de su cuarto. Quería meterme a la cama con ella, mimarla, pero no me atrevía. Cerraba la puerta sin hacer ruido. A media tarde se levantaba de mal humor. Me decía que si yo no existiera Conrado no se habría ido. Que también Belisario Rojas la había dejado por mi culpa. La quería consolar, decirle que a mí me dolía mucho la ausencia de Conrado. Lo odié a él y a ella. Me odié por cobarde. Me hubiera ido con él. Lo bueno fue que como mi mamá estaba en la luna no se dio cuenta que reprobé sexto grado.

Por esos días vino mi primer periodo. Me sorprendió en la escuela. Tuve mucha vergüenza porque el maestro de educación física fue quien lo notó y me llevó a la dirección. Al llegar a casa mi madre me encerró desnuda en el baño diciendo que las cosas cambiarían en adelante y me dio un libro de la enciclopedia *Salvat* para que me enterara. No era la primera vez que me encerraba en el baño. Los siguientes meses fueron un desastre. Despertaba en la madrugada hecha un batidillo. Tardé mucho en encontrar mi ritmo. Hubo ocasiones en que usaba la toalla dos días seguidos y nada, al tercero que ya no la traía, creyendo que había sido una falsa alarma, me sorprendía en el metro. Lloraba. Me arrepentía de haber deseado tanto mi primera regla. Odiaba los cólicos, que dejé de padecer hasta que nos fuimos a vivir a casa de mi abuela. La vieja tenía remedios infalibles. Acostada, me ponía aceite tibio en el ombligo y lo cubría con una bolsa de plástico para guardar el calor. O me daba té de comino con un chorrito de brandy. Aunque a veces sigo manchando las sábanas de sangre, los cólicos se fueron para siempre.

Entre mis compañeras del colegio nos preguntábamos a diario ¿ya te bajó? A las que aún no, las apartábamos del grupo, todavía eran niñas. Siempre estudié en el Colegio Americano, a pesar de ser de los más caros de la ciudad. Mi madre insistió para que me matricularan ahí. Desde que Conrado se fue, ella dejó de pagarlo con puntualidad y abonaba sólo pequeñas cantidades, hasta que me regresaban a casa por tantos meses que debíamos. Mamá insistía para que consiguiera una beca. Pero yo no quería volver a esa escuela, nunca quise ir ahí. Cállate, eres una tonta, en ese colegio puedes relacionarte con gente rica, me regañaba. Pero yo padecí mucho esas estrategias de mi madre. Los fines de semana dejé de ir a muchas fiestas porque no podía estrenar vestido cada sábado. Inventaba una comida familiar, un viaje planeado con anticipación. Debo de haber sido la primera del salón a la que le bajó. Por lo menos en algo les había ganado. Desde ese día me sentí una mujer y comencé en las mañanas a espiarme el cuerpo, esperando que me creciera el busto. El día que le pregunté a mi madre me contestó que todavía no tenía edad para eso y que así era mejor porque cuanto más tardara, menos me crecería la nariz. Eso es lo único que tengo de Belisario Rojas: la nariz grande. Ella me la señalaba y repetía que mi perfil griego en ruinas era la peor herencia que me había tocado. Que si tuviéramos dinero, lo primero que haría sería pagarme una operación. En la escuela algunas compañeras decían que era deforme. Durante años ése fue mi gran complejo. Odiaba mi nariz, me veía al espejo, imaginaba otra cara, otra vida. Cómo iba a saber que sería mi nariz lo que te enamoraría de mí, Antonio. Al día siguiente que nos conocimos me dijiste que era la más hermosa que habías visto en tu vida. Me ruboricé, me llevé la mano a la cara y te conté que había sido mi gran complejo. Nunca te la operes, es tu personalidad. Al verte cruzar la puerta, tu nariz me hizo fijarme en ti, afirmaste. No pude hacer nada, sino entregarme.

8

YO NO TUVE LA CULPA de que corrieran a Lauro de la sinfónica, acusado de violarme. Ni de que el Güero hubiera querido matar a Pablo, mi novio de ese entonces. Tampoco fui culpable de la muerte de Juan Luis, el chico poeta que me regaló tantos versos. Lauro era el pianista que tocaba en los ensayos del ballet. Era un hombre desgarbado y de mirada melancólica. Me sentaba en sus piernas para enseñarme a tocar. Casi podía ver las notas salir de sus dedos. Tenía unas manos largas, pálidas y frías. Manos de mujer que comenzaron a acariciar las mías. Los pellejitos que se levantaban alrededor de las uñas. Subía por mis brazos a mi cuello, mis mejillas. Su tacto era tan fino que se me erizaba la piel. Se aceleraba mi corazón.

A Lauro lo había dejado plantado en la puerta de la iglesia la chica con la que estuvo nueve años de novio. Pero más de la mitad de ese tiempo lo habían pasado separados, continuando el noviazgo por carta, porque él tuvo que volver a su pueblo al enviudar su madre, hacerse cargo del negocio familiar, un pequeño hotel frente a la plaza. Allá formó el coro de la iglesia y tocaba el piano los domingos en misa. Tuvo que morirse su madre y cumplirle la promesa de esperar a que sus hermanos menores se casaran para volver al D.F. a tratar de recuperar el tiempo perdido en el Conservatorio y a la novia que tanto lo había esperado. Planearon casarse de inmediato. Pero la muchacha nunca llegó a la boda. Desde aquel día no quiso saber nada del amor y se refugió en la música. Presumía ser el mejor intérprete de Chopin. A mí me encantaba impacientarlo. Mostrarle las piernas. Hacer piruetas alrededor del piano. Lauro enredaba sus dedos en mi cabello. Me hacía sonrojar y era inevitable reír cuando me tocaba la nuca. Le gustaba olerme transpirada al final del ensayo. También yo lo recorría con la nariz y él preguntaba a qué olía. A ti, le aseguraba. Nuestra amistad no podía ser bien vista. Yo aún no cumplía quince años. Mantuvimos en secreto nuestros encuentros. Me regalaba osos de peluche. Tuve tantos sobre mi cama y mi madre no me preguntaba de dónde los había sacado. De niña me sentía gris, anulada. Su sufrimiento y carencias eran más importantes que yo.

Lauro era incapaz de hacerme daño. En el último ensayo de *El Cascanueces* nos escondimos detrás de unos decorados. Por fin me tocó las piernas. Su aliento era caliente, como el acero. Yo estaba acostada sobre mi vestido, me había quitado las mallas. Al ver sangre entre mis piernas, metió su cabeza entre ellas. Nunca creyó que me animaría a hacerlo. Tenía tanto miedo y estaba tan nervioso que eso me excitaba. Aún no se desabrochaba el cinturón cuando llegaron unos tipos y nos separaron. Alguien nos había visto desde la tramoya. Lo golpearon. Creían que me había obligado. Me preguntaron qué me había hecho. Sólo quería olerme, les dije. Quise gritar que lo amaba. Guardé silencio. Me asusté. En las investigaciones, algunas compañeras dijeron que yo lo provocaba. Que hacía lo mismo con todos los hombres del grupo. Estuve a punto de salir de la compañía. Pero Tasha, mi profesora de ballet, me defendió con uñas y dientes. Ese escándalo sirvió para que Raúl se fijara en mí.

Cursaba tercero de secundaria. Al día siguiente no fui a la escuela, Susana y yo nos pasamos toda la mañana en un Vips planeando fugarnos. Ella era mi mejor amiga del colegio. Era linda, simpática, rubia y rica. Vivía en el Pedregal, en una casa de tres pisos que olía a Pinol. Había muchos criados, jardín y alberca. Pero sus papás nunca estaban en la casa. Mamá me preguntaba cuántos coches tenían, adónde irían de viaje el próximo verano, por qué no me invitaban de vacaciones. Me reprochaba que no era lo suficientemente agradable con ellos, por eso no me llevaban. Que no me conformara con los regalos que me traían. Pero a mí cualquier cosa que me diera Susana me llenaba de emoción. Mamá no dejaba de repetir que si no fuera por mi nariz sería mucho más bonita que Susana, quería que le contara nuestras conversaciones. Me enojaba que mi madre quisiera saber si ya me había besado alguien. Un día aseguró que nos había visto con unos chicos en un convertible rojo. Decía que ningún hombre me iba a querer si ya no era virgen. Yo lo negué, le dije que me dejara en paz. ¡Cállate niña! Me gritó alzando la mano. Insistió en verme el cuello. No supe para qué, así que me descubrí y comencé a llorar. ¡Cállate niña! Volvió a decir y afirmó que mi llanto reflejaba culpabilidad. Me encerró en el baño. A la mañana siguiente me reportó enferma en la escuela. Después Susana me acosó con preguntas.

En su casa vi el primer horno de microondas, lo utilizaban para calentar leche. La primera computadora, que teníamos prohibido tocar. La primera videocasetera y también la primera película porno. Recuerdo que no me excitó, quizá me dio un poco de asco. Todo era muy rápido, meterla y sacarla a mil por segundo. Lo que sí me llegó a poner caliente fue el *Informe Hite sobre la sexualidad masculina* que encontramos en el estante más alto de la biblioteca. Lo leíamos en voz alta, lo memorizaba y en las noches repasaba la lectura en la cama, antes de dormir, imaginaba desnudo a mi vecino o al profesor de física, los veía delirar por mis tetas, tan pequeñas que fueron otro de mis complejos. Tengo menos de lo que cualquier mujer desea tener. Susana y yo nos las medíamos frente al espejo de su baño. Ella tenía los pezones rosados, pequeños. Me gustaba ver cómo se le despertaban con el frío. Yo cubría mis tetas con mis manos y le decía que aún tenía esperanza de que crecieran un poco más. Me bajaba la falda del uniforme y me ponía de perfil, le presumía mis nalgas. Aunque a Susana también le gustaban mis piernas, sólo nos tocábamos las tetas para medirlas. El día que le subimos el dobladillo a la falda del uniforme, nos hincamos una frente a la otra, nos quitamos la blusa blanca y el sostén, quedamos sólo en calzones. Susana dijo que juntáramos nuestros pechos y cerráramos los ojos. Yo no los cerré del todo y pude ver el contraste de color de sus tetas y las mías. Sentí las palpitaciones de su corazón, su respiración agitada. Sus labios entreabiertos me miraban, eran tan rosados como sus pezones. Me acerqué un poco más, casi estuve a punto de besarla cuando rompió el silencio con su risa estridente.

Lo más íntimo que hicimos fue ponernos crema en el cuerpo, una a la otra. Fue la tarde que vimos la película *9 semanas y media*. Salimos del cine creyéndonos Kim Basinger y durante meses fantaseábamos con encontrarnos a un hombre como Mickey Rourke. La primera vez que sentí celos fue por Susana. Eran celos distintos a los que padecía con mi madre. A Susana yo la había escogido, tenía mi edad y a mi madre la sentía inalcanzable. En el colegio todos querían a Susana. Era linda, simpática, rubia y rica. Pero era a mí a quien ella realmente quería. Cuando me preguntaba quién del salón podría ser mi novio, los criticaba y ella también, nos parecían odiosos. Ninguno era digno de nosotras. Creí que Susana y yo descubríamos el mundo al mismo tiempo. Inventamos otro lenguaje, me escribía cartas que sólo yo entendía. En el fondo me daba envidia que ella tuviera tanto y yo nada. Nunca la invité a los ensayos de la Compañía, a pesar de que se moría de ganas de verme bailar.

Poco antes de que se fuera de México, me confesó que ya no era virgen, que desde los trece años cogía hasta con el jardinero de su casa. Que la virginidad la tenía sin cuidado. Con una sencilla operación le volverían a coser el himen y seguramente se la haría antes de su boda. Pero que reservaba el culo para quien fuera a ser su esposo. Así le entregaría a él su doble virginidad. Aunque quise contarle de Lauro, al final no lo hice, no había nada que presumir. Antes de terminar el primer año de preparatoria ella y su familia se fueron a vivir a Estados Unidos. Nos vimos por última vez en el aeropuerto. Lloramos juntas y yo seguí llorando las siguientes noches. Estaba irritable, peleaba con mi madre por nada. Susana juró que volvería. Que ella estaría en primera fila cuando estrenara *Carmen*. Pero también me dejó esperando.

Sólo en el ballet me reconocía hermosa frente al espejo. Recorrer el salón tomada de la barra, era como caminar de la mano de alguien que me miraba y me sonreía. Ese mismo año, por enésima vez, corrieron a mi madre de su trabajo y tuvimos que dejar el departamento de la Cuauhtémoc. Como peleó con la casera, la maldita se quedó con el dinero del depósito y nosotras resistimos algunos meses sin pagar nada hasta que nos echaron. Era la cuarta casa de donde nos echaban. Es fue la única vez que hemos tenido complicidad mi madre y yo. Complicidad que ella rompió. Cuidábamos de no dejar solo el departamento. Hasta que un día no volvió a tiempo y yo llegué del colegio en el momento justo en que rompían la puerta y tiraban nuestros muebles a la calle. Pasé dos días sentada en un sillón con todo bajo la lluvia. Mi madre ni enterada. Estaba en la cárcel por chocar borracha contra un semáforo. De la noche a la mañana nos quedamos sin casa y sin coche.

Después de ocho años le pidió ayuda a mi abuela y nos mudamos a vivir a su casa. Apenas la conocía. Me daba miedo. La única referencia que tenía de ella era una cajita de música que me mandó al cumplir cinco años. Recuerdo que para dormir miraba la bailarina dar vueltas y vueltas. Mamá contaba que durante siete meses le ocultó su embarazo. Hacía cualquier truco posible con la ropa. Hasta que la abuela se enteró y le fue peor. Los meses siguientes le hacía echarse más ropa encima para ocultarlo. Se cambiaron de casa para que los vecinos no se enteraran. Sin saber que ya conocían la historia de amor entre mi madre y Belisario Rojas. Al mudarnos con la abuela creí que vendrían los peores días de mi vida, pero no fue así. Nunca he tenido mejor relación con nadie como la he tenido con ella. No era la vieja bruja que imaginaba, sino una mujer consentidora que hacía cualquier cosa por ganarse mi cariño. Mi madre se ponía celosa y le reclamaba que con ella nunca había estado tan pendiente. Comencé a sentirme orgullosa de llamarme igual que mi abuela.

9

E GUSTAN LOS HOMBRES VELLUDOS, de barba cerrada, como la tuya, Antonio. Te pedía que te recortaras los del pubis y tú hacías lo mismo con los míos, dejándome bien definido un triángulo en mi monte de Venus, o una media estrella. La primera vez que fuimos a la playa casi te infartas al descubrir que me había depilado. No me gusta, siento que le hago el amor a una niña, me reprochaste, al tiempo que me explicabas la sensualidad que despierta el vello del pubis femenino en un sexo tan primitivo y oculto. Así tengo el deseo a flor de piel, te dije y te conté cómo fue que llegué a Villa Olímpica.

Vivíamos en el departamento de mi abuela, en la planta baja. Mi madre y yo compartíamos la habitación. Para mí era otro mundo. Otro tipo de gente. Había muchos exiliados chilenos y argentinos que tenían otras ideas, decía mi mamá. Era gente de izquierda. Al principio causé un poco de revuelo entre los muchachos y a mí me gustó ser el centro de atención. La bienvenida me la dio el Güero, un chavo que luego me rompió un diente con una pistola. Vivía en Tlalpan y al poco tiempo de conocerme le prohibieron la entrada a Villa. Entonces él se brincaba la barda para estar conmigo. La suya fue la primera verga que chupé y aunque no me gustó la sensación de tener la boca llena de vellos, me obligó a chupársela toda y me jaloneaba del pelo si lo lastimaba. Siempre se venía en mi boca. Al principio escupía el semen. Lo sentía muy ácido. Ahora no lo desperdicio. Me he vuelto una catadora. El Güero y yo realmente hablábamos poco. Nos íbamos a la pirámide de Cuicuilco a llenarnos los pulmones de aire puro, a fumar mota. Con un rifle, desde lo alto, buscaba a la gente a través de la mira telescópica. Afinaba la puntería, apretaba el gatillo y gritaba ¡pum! Me encanta cazar. A esa mujer de negro le volé la cabeza, al que va en la bicicleta le entró la bala por el culo, decía, recostándose de espaldas y soltando el humo de una calada. También fue el Güero quien me dio a probar la coca. Sentí que me asfixiaba, como si tragara arena en la playa. Se me entumió la nariz, el paladar, la lengua y me pasé dos noches sin dormir. Me amenazó con que no la desperdiciara. Es como mi semen, me dijo, no derrames ni un poquito. Con él aprendí a no desperdiciar nada. Tuve la sensación de que mi cerebro había estado dormido hasta que la coca me lo despertó a mil por hora. Recordé un montón de cosas que ya había olvidado: buenas, malas, oscuras, pero ninguna era tan importante como esa vitalidad, esa nueva vida que había aspirado. Entre línea y línea el Güero me reclamaba por no haberlo invitado a mi fiesta de quince años. Le dije que aún no nos conocíamos, además que no había hecho algo especial. Aseguraba que todas las mujeres eran putas y yo más que ninguna. Me dejaba excitada, para que sintiera lo que era el abandono. Entonces me preguntaba qué haría si él se iba, que nunca olvidara que yo era su mujer. Si me entero que se la chupas a otro, se los carga la chingada, me amenazaba. Le tenía miedo, pero ese temor me excitaba, me hacía seguirlo.

Llegaba por mí en carros elegantes o deportivos. Al preguntarle de dónde los sacaba me decía: no preguntes y súbete. Salíamos derrapando. El papá del Güero era comandante de la policía. A él le robaba la coca que nos metíamos, presumía que era la mejor del mundo. Su padre no usaba cualquiera. Por eso el Güero se sentía inmune y le gustaba pelearse. A veces venía muy golpeado, como si se hubiera subido a un ring. Era como un coleccionista de cicatrices. Las presumía con orgullo. Una tarde llegó con la ceja y el labio reventados. Fue la única vez que lo besé, probé su sangre y coloreó de rojo mis mejillas. Me contó cómo había empezado la bronca, a cuántos había apuñalado. Siempre llevaba una navaja en el bolsillo, y el día que consiguió una pistola corrió a mostrármela. Ésta sí la puedo cargar conmigo, no como el rifle, me dijo. Cuando se la estaba mamando, también me metió la pistola en la boca. Intenté quitarme pero me obligó a seguirlas chupando. Se sentía fría y caliente a la vez. Temía que al venirse, también se le viniera un tiro.

Odiaba que el Güero se desapareciera por semanas. Unos días antes de Navidad me propuso que me fugara con él, le dije que sí y no volvió. Llegó el año nuevo y yo seguía con mis fantasías. Me había dicho que tenía unos tíos en Houston, que encantados pagarían al pollero que nos cruzara la línea. El día de Reyes me hice novia de Pablo, un muchacho argentino que también vivía en Villa Olímpica. Su padre daba clases de literatura en la UNAM. En su casa tenían una biblioteca enorme. Fue ahí donde le enseñé a fumar. Decía que sería escritor como su padre. En la boca de todo escritor debe haber humo de misterio, le dije. Pablo era alto y de cabello largo. Como no funcionaba el timbre de mi casa, me gritaba desde la calle. A mí me gustaba escuchar mi nombre y lo dejaba gritar, para que todo Villa Olímpica se enterara, para que sus gritos llegaran a Tlalpan y por fin viniera el Güero por mí. Pablo a veces me parecía tan infantil, lo comparaba con el Güero y me parecía tan torpe. Me invitaba al cine y si me le acercaba demasiado, temblaba, le sudaban las manos. Pero sus nervios me hacían sentir superior, hermosa, única. Lo delataba su mirada. Yo me sentía fea, incompleta. Nunca había tenido nada mío y Pablo a veces era tan tierno. Fue el primer hombre que me gustó besar. Yo tomé la iniciativa. Después no me lo quitaba de encima. Nos besábamos en cualquier lado: un coche, el sillón, arrinconados en una fiesta, en baños públicos. Un domingo que no había nadie más en la casa, le rogué que entrara. Nos acostamos en la alfombra de la sala y rodamos abrazados de un lado a otro en un beso eterno. Su lengua enredada con la mía. Al principio sus dientes me lastimaban, pero nos movíamos tan rápido que el dolor duró sólo un instante. Nunca llegamos a la cama. Luego de besarnos por horas, con prisa, con furia, a ojos cerrados, yo me sentía flotar en una alberca gigante o envuelta entre nubes. Sentía mis pezones duros. Pablo me rozaba por encima de la ropa. No se atrevía a más y yo me pegaba al bulto que crecía entre sus piernas, me frotaba fuerte. A Pablo nunca se la chupé, por tonta, por fidelidad al Güero. Solamente lo masturbaba.

Juró que me quería. Que nunca me iba a dejar. Hicimos un pacto de amor en la azotea del edificio dos. A Pablo le regalé mis primeras zapatillas de ballet. Fue mi abuela quien guardó las de media punta. A pesar de que criticaba mis callos. Mis pies tenían ampollas, estaban heridos, lastimados. No me gustaba verlos fuera de las zapatillas, en puntas son hermosos. Las bailarinas nos exigimos más, nos acostumbramos al dolor. Siempre hay dolor. Hasta que llega el día en que ya no se siente. Los días que llegaba a casa muy dolorida, mi abuela me esperaba con una palangana con agua de eucalipto para sobarme los pies. Me ponía ungüentos en las ampollas y masajeaba mis piernas. Me enseñó a distinguir los dolores. Si era de músculo, de tendón o de hueso. A soportar las envidias de mis compañeras, a ignorar chismes. Decía que yo era su cisne. La vas a mal acostumbrar, reclamaba mi madre, no creas que estaremos mucho tiempo en tu casa.

Un día vino la policía a interrogarnos. Habían robado en el departamento de enfrente y nos preguntaron a los vecinos si habíamos notado algo extraño la noche anterior. Yo les dije que había sido el Güero y otros dos muchachos que vivían por Avenida del Imán. Mi madre casi se infarta cuando me llegó el citatorio para que me presentara a declarar en la delegación. No me dejó ir. Alegó que era menor de edad. Que yo no tenía certeza de que hubiera sido el Güero. Con tal de que me dejaran en paz les dijo que estaba medio loca. Y algo había de cierto, años después me encerró en un manicomio, estuve un mes amarrada a una cama, con sesiones de electroshock cada semana. En Villa me gané fama de valiente. Comencé a sentir que alguien me seguía, que la policía tenía mi casa vigilada. Pocos días después supe que lo habían agarrado, no por el asunto de la vecina sino por conducir una moto robada. Estuvo sólo un par de semanas en la correccional de San Fernando. Cuando salió tuve la esperanza de que volviera a buscarme. No me importaba que me reclamara por la denuncia, estaba segura de que me perdonaría. Volví a saber de él hasta el día de los enamorados.

Los primeros poemas que me regaló Pablo, presumió que él los había escrito para mí. Pero eran de Neruda. Como yo no tenía más inspiración que la danza, como había crecido con la música de Sandro pegada al cuerpo, le escribía fragmentos de sus canciones. Sabía muchas de memoria. Las había aprendido de tanto escucharlas en casa. Eran las nanas de mi madre. Se emborrachaba con música de Sandro, Raphael, José José. Las cantábamos juntas. El primer regalo que recibí un 14 de febrero fue el libro de los veinte poemas de amor de Neruda. También fue el primer libro que tuve. En cada página, Pablo había dejado un pétalo de rosa. Esa tarde fuimos al centro de Tlalpan a celebrar. De regreso, desde la parada del micro, vimos al Güero que se subió a un auto y nos hizo una seña con la mano, como si jalara el gatillo de una pistola. ¿Es el Güero?, preguntó Pablo. Le respondí que no lo había visto. Pero se me aceleró el corazón y aunque moría de ganas de abrazarlo, recordé sus amenazas y mi nombre en su acta de la correccional. No quise volver a casa, entonces Pablo me llevó a Perisur. Me volvió la sensación de sentirme perseguida por la policía o por agentes encubiertos del papá del Güero. Caminando entre la gente suponía que en cualquier momento el Güero nos saldría al paso, pistola en mano. ¿Sería Pablo lo suficientemente hombre para defenderme? Con seguridad terminaría yo separándolos, yéndome con el Güero para proteger a Pablo. Entramos al cine. Ni siquiera vi la película, me pasé las dos horas esperando el momento de la discusión. Quería que se pelearan por mí. Volvimos caminando a Villa antes de las nueve de la noche. Abajo del puente de Periférico había un grupo de chicos fumando marihuana. Creí que sería el Güero con su banda, pero recordé que él prefería arreglar sus cuentas solo. Pasamos junto a ellos apresurando el paso. Pablo casi me llevaba a empujones. Los muchachos notaron mi mirada cuando Pablo me dijo, no los mires. Al doblar la esquina por fin vi el coche del Güero estacionado a lo lejos. Es él, allá, le señalé a Pablo el auto con las luces encendidas. Caminamos más aprisa y el coche arrancó tras de nosotros. Pablo me jaló de la mano y faltando unos metros para llegar a la caseta de entrada, el Güero cruzó el coche en la banqueta, bajó rápidamente y le cayó a golpes a Pablo. Al intentar separarlos no supe cual de los dos me aventó al suelo. Comencé a gritar como loca cuando el Güero sacó la pistola y le apuntó a Pablo a la cabeza. Si te vuelvo a ver con esta hija de la chingada te mato, cabrón, le gritó, cargando cartucho. Los guardias de Villa Olímpica al ver el arma se quedaron quietos y dejaron que el Güero escapara. Llegué llorando a mi casa y mi madre apenas me preguntó qué me pasaba, me entregó otro regalo que me habían llevado. Me encerré en el baño para abrirlo. Era del Güero. Eran sus vellos del pubis.

Semanas después Pablo llegó con la noticia de que regresaba con su familia a Argentina. Creí que se iban por mi culpa, por la pelea que le había dejado una cicatriz en la ceja. Durante varios días no había salido de su casa, nunca supe si por la herida o por miedo. Le reclamé a Pablo nuestro pacto. Le rogué que no me dejara o que me llevara con él. Sentí que lo perdía todo y deseé que el Güero lo hubiera matado, el muy maldito no había vuelto a aparecer en la puerta del colegio ni afuera de la Compañía. En la misma semana de la mudanza de Pablo vi su foto en el periódico. Sólo así supe su nombre: Germán. De nuevo lo habían agarrado, ahora con una bolsa llena de cocaína. Lloré tanto. No estaba segura por cuál de los dos lloraba. Creí que jamás me repondría. Pablo prometió volver por mí. Me aseguró que su padre conseguiría el Teatro Colón para que bailara *Carmen*. Me pidió que lo esperara. Como tradición de despedida, le regalé un recorte de mis vellos del pubis y le dije que cuando volviera ya no sería virgen.

10

LA PRIMERA VEZ que vi *Carmen* fue en Bellas Artes. Fuimos Conrado y yo. Mi madre no quiso ir, así que yo usé su boleto. Nos sentamos en un balcón lateral muy cerca de la fosa. Los músicos al afinar hacían sonidos de bosque. Desde que inició la ópera me atrapó. Sus colores, la música. No entendí mucho el argumento, pero ni falta me hizo. Supe que Carmen tenía que ser fuerte para sobrevivir. «El amor es un ave rebelde que nadie puede atrapar. Si no me amas, yo te amo. ¡Si yo te amo ten cuidado!» Frases como esas se quedaron en mí, me hicieron hervir la sangre y, más que la música, lo que me inquietó fueron los aplausos. Al salir fuimos a cenar al Sanborns de los Azulejos. En mi siguiente clase de danza le dije a Tasha, mi maestra, que yo quería ser Carmen. Sonrió. Me contestó que ella también. En la próxima puesta de *Carmen* formé parte del cuerpo de baile. Desde esa noche me sentí la bailarina principal.

Necesito volver a la barra. Hoy más que nunca me hace falta. Siempre hay que volver a la barra, aconsejaba Raúl. En cada ejercicio que nos marcaba iba descubriendo miedos, angustias y deseos. Cuando trabajamos las obsesiones, algunas de mis compañeras se engancharon con la parte frívola y llevaron su montón de zapatos, sus mejores trapos o maquillajes, nada que valiera la pena. Hicieron cualquier cosa por parecer exóticas, sensuales, seductoras. Nada fuera de lo común. Los mejores fuimos Mario y yo, calificó Raúl. Me até de pies y manos, me enrollé el cuerpo con una soga y me puse una mordaza en la boca. Me quedé quieta, sin intentar zafarme. Al pasar unos minutos me desamarré rodando por el piso. Me obsesionan las ataduras, les dije, las que no me pueden contener. No estoy ligada a nada. Nada me ata. No puedo permanecer más de quince minutos en el mismo lugar, con la misma persona. Los sentimientos se me van de las manos como agua que no he de beber.

Bailar *Carmen* no fue difícil, me interpreté a mí misma. Ella tiene mis sentimientos, mi experiencia de vida. No hay más *Carmen* que yo. Con Raúl siempre volvía a empezar de cero, a hacer los mismos ejercicios una y otra vez, buscando la perfección. Lo más importante para una bailarina es la fuerza interior, volcar la personalidad en pasión. Raúl seguía mis pasos con mirada etérea. Contaba para que le diera los treinta y dos *fouettes*, y yo tenía que superar mi propia marca. Más de treinta, lo escuchaba, dame más de treinta. Lo repetiremos las veces que sean necesarias. En el ballet no puedes dudar. El movimiento es perpetuo. Raúl era exigente, meticuloso en los ensayos, pulcro para decir que todo estaba mal, que volviéramos a empezar. Si no te sacan, te comen, siempre habrá otra esperando tu lugar. Esperando verte caer en el escenario.

11

PARA ATRAPAR A UN HOMBRE primero hay que despertarle la lujuria, dejarte coger por el culo o que se venga en tu boca. Cumplirle alguna fantasía, sólo así vivirás en su imaginario como un deseo inacabado. Cinco meses vivimos juntos, Antonio. Cinco meses y cinco días, me corregiste. Sólo faltaba que también contaras los minutos. A los hombres hay que saberlos apretar en el momento justo para que se decidan. Pero contigo no use tácticas, desde la noche que nos conocimos hicimos el amor. Te advertí que tenía la regla. Hay olores que no se pueden ocultar, así nuestro amor nacerá con sangre, te escuché al cerrarme los labios con un beso. ¿Qué era mi sangre para ti, Antonio? Contigo comencé a usar tampones. Te gustaba chuparme, sentir mi orgasmo en tu boca, luego tirabas el cordón del tampón y me hacías el amor. Te untabas el vientre, el pecho, las piernas con mi sangre. Yo era tu campo de batalla.

Dejé de usarlos con regularidad la vez que se me olvidó uno adentro. Aprovechando la semana que te fuiste a Venezuela decidí, por enésima vez, despedirme de una amiga fiel: la coca. Perdí la cuenta y seguí poniéndome tampones. Poco antes de que regresaras tiré a la basura lo que había en mi refrigerador. Revisé atrás de la cama. La alacena. Vacié el clóset buscando, no encontré nada echado a perder. Saqué a Pascuala con su arena al patio. El olor seguía pegado a mi cuerpo. La tarde que regresaste me bañé varias veces. Me ayudaste a revisar y no hallamos nada. Ya en tu estudio el olor era insoportable. Entonces te dije que la rata muerta estaba en tu casa, no en la mía. También revolvimos todo. Al hacer el amor sentiste algo adentro de mí. Qué va a ser, te contesté, cógeme. Hurgaste en mi interior con la mano hasta sacar el támpax. Vuelve a entrar, te exigí. Pero te negaste. No puede ser peor que cuando me cogiste con fiebre y decías que mi cuerpo te quemaba, como si la metieras en agua hirviendo, mientras yo te sentía como un trozo de hielo.

Tengo sueño, distinto al que me guía en las noches. Te sueño a mi lado, me dijiste. Tengo frío, quédate a dormir, me propusiste en pleno verano. Desmontamos mi departamento de la calle Durango. Para mí era empezar la vida que había querido vivir. Se terminaban los fines de semana de salidas inútiles, caminando en círculos buscando el amor. Alargando la mirada creyendo que esa noche lo encontraría. El amor que no tiene fin, porque nunca empieza del todo. No habría más amantes ocasionales ni despertaría sola el domingo a mediodía con una resaca de alcohol y sexo que me hacía no querer salir de la cama. Fueron cinco meses intensos. Por ti volví a usar calzones de hilo dental, aunque yo sintiera que me partían el culo en dos. A mí me excitaba usar los tuyos y tú me pedías que me tumbara en el piso, me subiera la falda, abriera las piernas y poco a poco fuera mojando el puente del calzón. Hacías muchos disparos con tu nueva cámara digital y yo terminaba más que caliente sentada sobre un charco de orina. Hubo días en que estaba deprimida o cansada y creía que esa noche no cogeríamos. Pero al desnudarnos para meternos a la cama se me iba el cansancio y sólo deseaba tenerte dentro. Abrazarme a ti con una necesidad imposible de saciar con un orgasmo. Comenzaba con pequeños gemidos al compás de tus movimientos. Dejaba que me tocaras, que tus dedos me invadieran como un pequeño fuego, entonces te escuchaba: quiero extenderme para completarte. Que me hagas tuyo más allá del instante que presientes eterno. Que me sientas parte de un infinito posible. Ser la imagen que tus ojos descubren sin mirarme.

Contigo vi todas las películas de Theo Angelopoulos. No te gustaba ir al cine, decías que esa oscuridad, entre tantos desconocidos, te ponía los nervios de punta. Creo que sólo fuimos dos veces. La primera ocasión vimos *Carácter,* una película que retrata la eterna lucha entre padre e hijo. Nos sentamos en un extremo de la fila superior. Durante la proyección sentí que mirabas más los movimientos de la gente que la película. Al finalizar, nos quedamos hasta leer los créditos y fuimos los últimos en salir. Preferías que nos quedáramos los fines de semana encerrados en casa, y con tu cámara capturabas cada instante. Me gustaba que me leyeras antes de dormir. *Aura* era mi libro preferido. ¿Cuántas veces lo leímos? Nos lo aprendimos de memoria. En esos cinco meses no dejamos una noche de hacer el amor. Yo hice mi mejor esfuerzo de convivencia. Jamás me metí a la cocina porque no es mi costumbre pero trataba de poner las cosas como a ti te gustaba. Sólo te pedí una condición, que dejaras un cuarto para mí. Allí instalé un pequeño estudio de danza, le puse un espejo enorme, barra y tablao para el flamenco. Brincaba de la cama al estudio y podía pasarme la tarde taconeando. Así volvía a la vida y tú decías que ese sonido de metralla te reventaba los tímpanos, que mis pies atraerían un temblor. No esperaba tu aplauso, pero sí un detalle que me hiciera sentir indispensable. Hasta que una vez me dijiste que se notaba que había una mujer en la casa, porque se acababa más rápido el papel del baño.

12

AMOR, AMOR. Repetía al levantarme, en cada comida y antes de cerrar los ojos. ¿Qué hacer? ¿Qué decir? He imaginado tanto las líneas de tu cuerpo, los vapores de tu voz y no te alcanzo, no acabo de completarte. Se me escapa tu nombre, tu olor, el sabor de tu piel entre mis labios. Tu figura de viento se mueve más rápido que la luz. Por algún lugar pequeño huyes, para volver a aparecer de nuevo en un sueño. Moviéndote rápido, como hacen los animales en fuga, esquivando miradas como dardos anónimos que te persiguen. Estás en cada pensamiento de este corazón tuyo que te espera. Mi piel reclama tu ausencia, tu calor en las noches, tus silencios, tu tacto aderezado, tu prisa al amanecer. Qué ganas de besarte de nuevo. De estar en tus brazos. Ayer te abracé en mis sueños. Te pedía que no me soltaras. Mordía el tiempo y el viento que te alejaban de mi lado. ¿Cómo se hace? ¿Cómo le explico a mi cuerpo que detenga estas ganas de ti? De tenerte. De tu sexo. De tu boca. Ninguna palabra me sale para calmar mis ansias. Araño la cama para que no pierda tu aroma. La imagen de tu cuerpo. ¿Dónde estás? Más lejos que mis largos pasos. No te alcanza el puente de mi voz. El viento da vuelta y no te trae a mi lado. ¿Cuánto más te esperaré? Sola. Alucinada, buscándote en el recuerdo de tus imágenes. Necesito oírte, besarte, lamerte como tu loba solitaria. No me dejes con los brazos abiertos y las manos frías. Te quiero más cuando el silencio crece en la noche.

13

QUIERO ESCRIBIR CIEN VECES que te amo y cuando llegue al final, volver a empezar una y otra vez, como si fuera un ejercicio de caligrafía para mi alma. Estoy cansada de tantos hubiera: si no te hubiera besado, si no me hubiera ido. Soy muy caprichosa. Si hubiera nacido en otro mes quizá no sería así. También soy rencorosa. Desde la tarde del viernes pasado comencé a odiarte. A imaginar tus noches con Marissa, tu ex novia italiana. Muchas veces desee su muerte, sin saber lo que descubriría entre ustedes. Sentía que tenías más tiempo para su recuerdo que para mí. A veces eres tan ciego, tan sordo, tan patético, que se me revuelve el estómago al recordar tu mirada cínica, tus reproches, y he acabado odiándome. Desde ayer estoy orinando sangre, estoy somatizando todo. Tengo que encontrar mis propios antídotos. El amor asusta a quien cree que no lo merece, yo sólo quería construir contigo. Mañana voy con mi abuela para que me cuide. Que me diga cómo detener esta montaña rusa en que se han convertido nuestras vidas. Desde la primera vez que nos separamos, las cosas se nos fueron de las manos y sólo hemos vuelto, una y otra vez, para hacernos daño. Tú y yo hemos lastimado a quien más nos ama y a quien amamos. También en eso somos parecidos. Decías que yo era así porque quería vengarme de mi padre en los hombres con los que me relacionaba. Tú también hacías lo mismo con tus mujeres. ¿Sería por lo que te hizo padecer Marissa? Cuando te pregunté si era buena en la cama, contestaste que era muy italiana. ¿Qué quisiste decir? ¿Qué cocinaba muy rico el espagueti? ¿Que comía muchas pizzas? ¿O que era muy puta?

Tengo tanta rabia que si pudiera te asesinaría. Debiste haberme matado cuando me amenazaste con el cuchillo. ¿Por qué no lo hiciste? Cobarde. Siempre has sido un cobarde. Preferiste salir corriendo de mi casa, de mi lado. Eres un ser extraño, sé que esto no tiene nada que ver conmigo, ya lo has hecho antes a otras mujeres. Trato de no sentir rabia pero por alguna parte sale. Estoy cansada de vivir así, pasando de una relación a otra. Por eso intenté rescatar nuestro amor. Pero tú mentiste. No hablaste con la verdad. De nuevo negaste situaciones, hechos. Yo no lo soñé. Tu prometiste, aquí, en mi cama, que ya no nos íbamos a separar más. Pero me has ocultado tantas cosas, tu hijo, tu doble vida, tu verdadera historia con Marissa. Supongo que mi resentimiento hacia ti sigue vivo, por eso mis frases mortales al preguntarte por ella. Con una persona que no comunica es muy difícil relacionarse. No hay peor insulto que el silencio. Al menos yo digo lo que pienso y siento. ¿Tú a quién le eres fiel? Ni a ti mismo. No sabes luchar por lo que amas, te resignas a perder. Te odio con todas mis fuerzas, por mentiroso. No quiero descubrir otra vez que me invento pretextos. Este sábado me mostraste tu verdadero rostro. Cínico, nunca dices lo que sientes, prefieres seguir fingiendo. Ya no me puedes engañar con tu actitud de buen hombre, comprensivo y cariñoso. Nos ganó la mediocridad, tiramos por la borda nuestro amor. Me duele profundamente el alma. No he parado de llorar desde que te fuiste. Me siento abandonada. Enferma. Sola. Esta es la última vez que te espero.

14

TE ODIO, ANTONIO. Te odio como nunca pensé que pudiera odiar. Nadie me advirtió nada sobre ti. Ni mi abuela y sus cartas. Ni el sexto sentido que aseguran tenemos las mujeres. Nadie me dijo que todo aquello que tocabas moría. Amarte era una maldición.

Veo la imagen de mi padre congelada en el televisor y compruebo que tenemos la misma nariz, el mismo grosor de labios. Soy hija de Belisario Rojas. Mi padre ha muerto. En la tele dicen tantas mentiras sobre él. Que es una pérdida irreparable para México, que puso el nombre de los mexicanos en alto. Primero que investiguen su muerte antes de hacerle tantos honores. Que investiguen su vida. Siempre supe del romance que tuvo con Anastasia, Tasha, como le gustaba que la llamáramos. A ella la considero mi primera profesora de ballet. Era rusa. Vino a México con el Kírov a fines de los setenta y ya no quiso volver a su país, huyó al final de la última función. Los rusos pusieron una fuerte queja al gobierno de México. Mientras, sus agentes de la embajada peinaban la ciudad buscándola. Apareció una semana más tarde, pidiendo asilo político, apoyada por cientos de intelectuales y una carta encabezada con la firma de Belisario Rojas. Fue tan sonado su caso que todo el mundo metió la mano. A Tasha no le gustaba hablar de ese tiempo, pero en la Compañía decían que los rusos estuvieron a punto de declararnos la guerra por habernos quedado con su mejor bailarina. Quien sí le declaró la guerra a ella fue mi padre. Nunca le dije a Tasha que yo era su hija. Más de una vez entraron en pleno ensayo para decirle que Belisario Rojas la esperaba en el vestíbulo. Ella terminaba la clase de inmediato. Nunca quise verlos juntos. Yo apenas tenía once o doce años.

Tasha se había hecho bailarina de tanto ver un póster de la Plisétskaya en *El lago de los cisnes.* Era de Ucrania, pero gran parte de su infancia la había pasado en Siberia. Su padre fue un general del Ejército Rojo que en los tiempos de Stalin cayó en desgracia y lo exiliaron. Se perdía hablándonos de Nureyev o Nijinski. Se reencontraba al describirnos San Petersburgo, el Teatro Kírov. Creo que jamás mencionó a Anna Pávlova. Su método era dogmático. Exigía que estuviera Lauro en el acompañamiento musical, si no, ella tocaba el oboe. Nos hablaba en francés. Decía que era el idioma del amor. Era muy estricta. Con un fuste nos azotaba las nalgas si no estábamos bien erguidas, nos sujetaba con cinta canela un palo de escoba en la espalda. Abrazando un cántaro nos obligaba a pararnos sobre los dedos sin zapatillas ni medias, hasta que nos sangraban los pies. Teníamos que fortalecer músculos y tendones. Estar colocada no es estar rígida, nos decía al enseñarnos la posición correcta de las manos sobre la barra, con los codos ligeramente abajo, la mirada al frente, extraviada y firme. Cierren los ojos, sientan la música como los latidos de su corazón, imaginen cómo se mueve cada músculo, cómo gira de forma natural. Sientan el vacío del espacio sobre su propio eje. Sientan su cuerpo, nos repetía cuando Lauro comenzaba a tocar el piano. Quinta posición *effacé*, con la cabeza en *dehors*, no *dedans*, ¡vamos niñas!, nos gritaba acompañando la orden con un rudo aplauso. Al final de la clase nos acostábamos boca arriba con las piernas levantadas en V, Tasha se apoyaba en ellas, las abría hasta que las rodillas tocaban el piso. Escuchábamos un pequeño clic de los tendones. Luego nos levantábamos y nos pedía una *révérence* de despedida.

Con ella usé mis primeras zapatillas de puntas. Me enseñó a remendarlas, a humedecerlas y calzarlas para que fueran tomando la forma del pie. Fue al final de nuestro primer año cuando nos aconsejó usar parches de silicón o punteras de esponja. A mí nunca me gustaron, prefería sentir. El dolor es pasión. Durante ese tiempo Tasha guardaba las zapatillas de todas. No quería correr el riesgo de que estuviéramos en casa, de puntas, deformándolas. Una tarde intenté hacerlo sola. Fue antes de que iniciara la clase. Ese día llegué temprano y mis zapatillas estaban ahí, esperándome. Las calcé y en el momento en que hacía una serie de *pas ballon*é llegó Tasha. A pesar de que me dejó terminar, me amenazó con echarme de su clase si lo volvía a hacer. Como castigo, los siguientes días cubrió los espejos del salón con cortinas. Antes de cumplir los trece años me consiguió una beca para estudiar en la Escuela Nacional de Arte de La Habana. Pero mi madre no me dejó ir, dijo que temía un arrebato de Belisario Rojas, como tenía casa allá, alucinaba con que me perseguiría o me cerrara las puertas, como hizo con Tasha cuando terminaron. Logró que la corrieran de Bellas Artes sin ninguna explicación, ni siquiera la dejaron despedirse de la Compañía. Tampoco a nosotras nos dijeron nada. De un día para otro, ya no supimos más de ella y nos cambiaron de profesor varias veces, hasta que llegó Raúl.

15

E N EL GRUPO QUE FORMÓ RAÚL conocí a mi mejor amigo. El único que tengo. El *pas de deux* que hice con Mario despertó muchas expectativas y arrebatamos aplausos en la categoría juvenil en Bulgaria. Me gustaba cómo me levantaba. Me hacía sentir etérea, libre, hecha de viento. Sus manos rodeando mi cintura o sobre mis muslos, soportando mi espalda o llevándome hacia las alturas. Sobre el escenario no había nadie más que yo. Mario era mi soporte y se esforzaba para que me luciera. Si mi destino estaba trazado, si las gitanas me decían que tendría amor, larga vida, ¿en qué momento se torció? ¿Quién me cambió las líneas de la mano?

En ese viaje a Europa también perdí mi virginidad. Hace poco Mario me mostró el pañuelo con el que me limpió la sangre. Lo atesora como un trofeo. Fue espontáneo, rápido. No sentí el gran dolor que dicen que se sufre. Sucedió la primera noche que bailamos en el Teatro Nacional de Bulgaria. Al regresar al hotel me metí en su habitación y nos bebimos todo el servibar. Me relajé. Me tendió boca abajo y me acarició suavemente. Recuerdo que me preguntaba si lo hacía bien. Se preocupaba más por mí que por él mismo. Quiso apagar la luz, pero al sentir el vacío de la oscuridad me dio cierto temor y le dije que no. Insistió y decidimos poner una toalla sobre la lámpara del buró. Volvió a mimarme. Los nervios nos traicionaban y nos reíamos quedito, como si alguien nos pudiera escuchar y reprendernos. A pesar de que teníamos muy calculado el peso del otro, al tenderse sobre mí lo sentí tan pesado y caliente que parecía otra persona, ahora yo lo cargaba.

Fui la primera mujer de su vida y la única. Esa noche nos hicimos novios y duramos algo más de un año, pero sólo volvimos a hacer el amor en pocas ocasiones. A mí me extrañaba muchísimo que al provocarlo no se excitara. En el ensayo del tercer acto de *La bella durmiente* le rozaba los labios y le cogía fuerte las nalgas, que eran envidiablemente perfectas. Mario se enfurecía porque entraba a las regaderas a verlo, pero no pasaba nada. Se cubría lleno de vergüenza. Hasta que le dije que creía que era gay. Creo que sí, me respondió. Desde ese día hemos sido las mejores amigas, nos hemos peleado por un hombre y a veces él ha ganado.

Mi mamá nunca lo ha querido. Nunca le cayó bien ninguno de mis amigos. A todos les encontraba algún defecto. Por ese tiempo comenzó a dejar de beber, consiguió trabajo en una línea aérea y pudimos mudarnos del departamento de mi abuela a otro más amplio, también en Villa Olímpica. Aunque mi madre diga que a mí nunca me ha importando lo que ella opine, sé que busco su aprobación. Con Mario festejé mi cumpleaños número 18. Fue el primero que pasé fuera de casa. Hicimos una fiesta en el departamento de su novio. Un hombre de casi treinta años. Ejecutivo de una compañía de seguros y bisexual, así me lo presentó Mario. Las mujeres me gustan muy femeninas y los hombres, también, lo confirmó él mismo en el brindis. Esa noche terminamos él y yo en la cama. Encerrados en su cuarto, con Mario tirando la puerta. Seis meses le duró el enojo. Por más que le expliqué que no había pasado nada, no me creyó. Estuvo a punto de dejar la Compañía para no volverme a ver.

Mi historia con Raúl fue diferente a todas las que he tenido. Le dije que quería bailar *Carmen* no por capricho, sino como un destino. Me identificaba con su fuerza, su rebeldía. Mi Carmen era desafiante y orgullosa, coqueta y retadora. Me aconsejó bailar flamenco, aseguró que era necesario para poder vivirla. En el ballet tiras la energía, la regalas. En el flamenco giras de manera inconsciente de la tierra al cielo, de tu sexo al corazón, de ida y vuelta, una y otra vez, en un estado alterado donde mueves el cuerpo para sacudir el alma, me enseñó Raúl. Creo que al principio lo que más me costó fue dominar el taconeo, quitarme de la cabeza que lo mío eran las puntas. Hay de desplantes a desplantes y en el flamenco aprendí a darles ritmo, secuencia. Raúl decía que mi taconeo era tan intenso que reventaría corazones. Yo lo sentía como una estampida que me subía por el cuerpo. No era otra cosa que el duende, ese brujo que tanto imaginé salir por los ojos de la *Carmen* que bailaba. Que estaba en mi piel, debajo de tantos volantes del vestido que sugerían el contorno de mis piernas, la fuerza de mis pasos. Necesitaba escucharme. Romper con la técnica. Enfrentarme a mí misma. Si el ballet es una danza etérea, el flamenco es pura carne y oído. Sentía que los clavos de mis zapatos eran como los de la cruz, para fijarme en la tierra. Me hacía falta bajar de la nada en la que estaba sumergida para volver a sentir cada parpadeo, cada vuelta de cadera. Escucharme, como si largas frases caminaran por mis brazos hasta hacer eco en mis palmas. «El amor es un ave rebelde que nadie puede atrapar». El flamenco es tan íntimo como el deseo. Bailaba a ojos cerrados. No existía nadie más. La música se volvía un lamento de angustia y placer. Arriba del tablao redescubrí el lujo desnudo del negro. La carne viva del rojo. Me dejaba llevar por la voz del cantaor que rebotaba en mi cuerpo, de un lado a otro, de arriba a abajo, como al atardecer suena el canto del sanedrín en las paredes de la mezquita. La seguidilla de su toná me rescataba de la sima en la que estaba, como si me jalara de los pelos estando a punto de ahogarme. Si bailaba vestida de hombre, usaba los pantalones ceñidos y la camisa de seda prendida sólo por un botón. Podía pasarme horas a ojos cerrados taconeando sobre mi sombra, sintiendo la fuerza de cada lamento del cantaor como si fuera la cigarrera a la que le han quitado el futuro y baila para recuperar su pasado.

Fueron meses intensos de clases y ensayos. Combiné el flamenco con el ballet. Mi obsesión con la elasticidad me hacía dormir en *split* y a Raúl le gustaba la rapidez que me impulsaba. Llegué a tener a Carmen tan incorporada, como si tuviera memoria fotográfica de los movimientos. No pasamos por encima de nadie, aunque muchas de mis compañeras lo decían. Bailar *Carmen* a los veinte años y ser primera bailarina de la Compañía fue mi batalla. Luché por ganar mi lugar. Si con alguna discutí y llegamos a los golpes se debió a la tensión de los ensayos, al encierro, porque me criticaban sin motivo. Aun así nadie se atrevió a reclamarme cara a cara. Pensé que nunca tendría un profesor más duro que Tasha. Pero Raúl fue peor. Para él no había descansos ni tiempos muertos, no soportaba quejas. Por esos días me ayudó a salirme de la casa de mi madre, cuando la muy loca se hizo cristiana y el ballet le resultaba pecado. También exigía disciplina, entrega, yo creí que era por el estreno que estaba programado para la primavera. Después supe que tenía los días contados.

Siempre he querido tener una cicatriz de cesárea. Quise tener un hijo de Raúl. Con su mismo color de ojos. Con sus mismas manos. La fuerza de su carácter. Pero lo perdí. Lo perdimos. Aborté un mes después de que Raúl murió. Una noche, mientras dormía, me despertó un dolor en el vientre, una tremenda humedad entre las piernas. Creí que me había orinado. Fui al baño, abrí la regadera y me di cuenta de que era sangre. El dolor iba y venía. Una fuerte punzada me hizo arrinconarme en el suelo, bajo el chorro del agua. Me asusté al ver los hilos de sangre que se tragaba el resumidero. Volvió el dolor con tal intensidad que grité. Sentí que moría cuando mi útero escupió a mi hijo. Era muy pequeño. Lo levanté del piso. Aún se movía, luchaba por jalar aire mientras yo me desangraba. No podía dejar de llorar. Llamé a mi madre por teléfono. ¡Ven pronto, me estoy muriendo!, le grité. Echó a mi hijo en un frasco de Nescafé y nos fuimos al hospital. Los médicos dijeron que había sido un aborto espontáneo, un desajuste hormonal, común en mujeres primerizas. Si no hubiera sido por mi abuela que estaba conmigo, no sé qué hubiera pasado. Mi madre aseguró que era un castigo del cielo. Sus palabras me pusieron como loca y la eché del cuarto, maldiciéndola. Cuando dejé el hospital tuve que regresar con ella, escuchar de nuevo sus reproches, sus frases de advertencia. Odiaba vivir con mi madre. Tenía a la familia de Raúl encima, queriéndome quitar el Opel. Volví a la Compañía. En los ensayos no se me iba el dolor de cadera. Tenía los senos hinchados con toda esa leche que buscaba nutrir a mi hijo. A todas horas se me escurría por los pezones. Desesperada corría al baño a sacármela con un aparato que le prestaron a mi abuela y la tiraba en el escusado. En esos meses quería desaparecer, que nadie me reconociera. Bajé siete kilos de peso y me sacaron de la Compañía. Dejé el ballet. Para no sentirme indefensa me vestía como hombre. Me corté el cabello. Me pasaba el día en la calle o me refugiaba en casa de mi abuela, hasta que conocí a Jorge y me fui con él.

16

AL VOLVER DE LA HABANA, me reencontré con Mario, que había dejado el ballet clásico por la danza contemporánea. Me fui a vivir a su departamento en el centro. Durante un año no supe de mí. A veces no sabía qué día, qué semana o qué mes era. También confundía el año. En mi viaje, podía sentirme otra vez en 1977, en brazos de mi madre. Aun así, fueron los días más felices de mi vida.

En el departamento de Mesones conocí a Serrano, como me gustaba decirle, en una de tantas fiestas ruidosas que hacíamos y que duraban varios días. Era un constante entrar y salir de gente. Nunca supimos de dónde salían. Nos metíamos de todo. Comenzábamos con un buen toque de marihuana. El vodka con jugo de uva, escarchado con hielo y media docena de tachas se volvió la especialidad de Mario. Su coctel de bienvenida. La coca la dejábamos para volver a medianoche del Más Allá. Serrano se enamoró de mí al verme coger con dos tipos al mismo tiempo. Se la sacó y me la puso en la boca. Era pocos años mayor que yo, pero a la vez era un hombre sin edad. Hijo único de un naviero español inmensamente rico. Serrano tenía un sentido del humor muy ácido, una inteligencia muy aguda y un montón de talentos que no reconocía. Pintaba, tocaba el saxo. Lo tenía todo, pero no se daba cuenta. Fumaba unos puros del tamaño de su esperanza. Adoraba a Elvis. El día de su aniversario mandó flores a Graceland y se disfrazó del rey del rock: traje blanco, capa de pedrería, peinado y patillas inconfundibles. Esa noche bailamos y cantamos con micrófonos improvisados, terminamos llorando con *Are you lonesome tonight?* Soy tu fan, le grité entre lágrimas y aplausos. Serrano quería averiguar el coctel de barbitúricos que lo había llevado a la muerte. Tú eres mi guía, si me llevas contigo sigo viajando, me escuchaba decirle atragantada de pastillas.

Con él conocí los lupanares de la ciudad. *Table dance* de travestidos y leprosos. No había lugar adonde no le abrieran las puertas y lo recibiera el gerente con botellas de cortesía. Bebíamos champán, vodka, tequila, cualquier licor. Llegábamos con una maleta llena de Johnnie Walker etiqueta negra y cajas de agua Evian. Sólo de ésa bebía. El agua de México está llena de mierda, repetía mientras me chupaba el culo. Decía que era una vulgaridad traer efectivo, que no había nada más pestilente que el olor del dinero. Todo lo pagaba con tarjeta de crédito y para las propinas usaba cheques ya firmados. Dobladitos se los ponía a las *teiboleras* en medio de las tetas, o entre las nalgas. Tú misma escríbele la cantidad que te mereces, les gritaba al oído. A Serrano le gustaba aspirar coca desde la punta de mis pezones. Me tendía en su cama y hacía laberintos de líneas por mi cuerpo. Me recorría de pies a cabeza con su nariz y su lengua. Nunca había sentido el mundo a mis pies y Serrano me lo ofrecía. Me daba lo que pidiera. Quería hacerme feliz.

Como era mecenas de un montón de pintores, escultores, cualquiera que tuviera talento para hacerlo soñar, organizaba fiestas en su casa. Podíamos estar varios días festejando una nueva exposición. Cada quien llevaba su musa: éxtasis, tacha, coca, hachís, heroína, compartíamos todo. Escogíamos a ocho o diez de ellos para tirármelos. Yo era la única mujer. Disfrutaba ser el centro de la fiesta. Me vendaba los ojos y me acostaba entre almohadas. Abría las piernas y uno tras otro me penetraban. Era el juego de la gallinita ciega y consistía en adivinar quién era. Siempre ganaba. Conocí tan bien los cuerpos de aquellos chicos que adivinaba sus nombres por su olor, a pesar de que el cuarto se llenaba de un humor caliente. Ahora hay miradas que ya no reconocería. Aunque hace pocos días me reencontré con uno de ellos, en una fiesta de Mario. Estaba en mi peor momento, lo supo y se vengó de mí. Le decían Checo. Un muchacho tan tímido que nunca pudo cogerme. Tenía un pene tremendo. A pesar de que Mario aseguraba que una verga grande abre puertas. Despierta morbo, curiosidad, envidia, interés tanto en mujeres como en hombres. Que es un don que deberían saber aprovechar quienes lo tienen y andar por la vida con la seguridad de estar bien equipados. Nunca pudo penetrarme por completo. Sentía que me reventaba los ovarios. Usábamos lubricante extra, entraba poco a poco. Se amarraba un pañuelo como señal de hasta dónde podía llegar. Pero cualquier desequilibrio lo hacía perder la erección y terminaba quitándomelo de encima a patadas. Se hizo el hazmerreír de los demás.

Me gustaba que me admiraran, que discutieran por poseerme. Eran como niños alrededor de un carrusel queriéndose montar a escondidas del boletero. Pronto se corrió la voz y cada vez fueron más. Me excitaba saberlos desnudos afuera de la habitación, con su número colgado al cuello, listos para envainar. Entre ellos decían que los devoraba al escuchar mis gritos de poseída, mis carcajadas cuando se venían. Entraban con miedo. Serrano nunca participó. Me asistía limpiándome el sudor, me mantenía hidratada, me cuidaba.

17

LA CIUDAD SE MIRA DISTINTA desde unos vidrios blindados. Dentro del auto de Serrano me sentía en el lugar más seguro del mundo. Otro coche, con cuatro guardaespaldas nos seguía. Eran como sus niñeras, sus monos de circo. Ellos mismos se divertían con las pesadas bromas que Serrano les hacía. Nunca entendí por qué prefería visitar lugares tan arrabaleros. Cada jueves estábamos en la Arena México. Le gustaba apostar tan fuerte en la lucha libre que una noche de campeonato, en Tijuana, estuvo a punto de perder una fortuna con Invisible, un luchador enmascarado que patrocinaba. Seguíamos la noche en el Spartacus de Ciudad Netzahualcóyotl. Un antro donde caían travestidos, prostitutas y hombres de cualquier clase social. Serrano aseguraba que yo tenía nariz para la coca. Me prometía una nueva vida, el mejor cirujano plástico del mundo. Pocas veces me dejó intentar con heroína. Pero sus guardaespaldas me conseguían algunas dosis. La segunda vez que lo hice estábamos en el Spartacus. Terminando el show le pedí a un mesero que me dijera dónde estaba el baño. Señaló el final de un pasillo. Crucé una puerta y seguí caminando, llegué al interior de un refrigerador. Por ahí sacaban a la gente cuando hacía redadas la policía, metían la droga, o entraba algún cliente VIP. Era la nevera de un Oxxo. Salí pisando bolsas de hielo y latas de cerveza. Me bajé los calzones, me subí la falda a la cintura y oriné ante los ojos incrédulos del despachador. Al ver que no regresaba, Serrano mandó a dos de sus gorilas a buscarme. Llegaron justo cuando el tipo me gritaba furioso. Antes de irnos lo ayudaron a callarse.

Yo también padecía el miedo de Serrano a ser secuestrado de nuevo. Me sentía demasiado observada por su gente de seguridad. De niño lo mantuvieron secuestrado dos semanas. Según la versión oficial, no se había pagado rescate, sino que había logrado escapar. Serrano presumía que su cabeza costaba millones de dólares. Que ese dinero había ido a parar a la guerrilla sandinista. Como ves, he sido presa internacional, decía. A su padre nunca lo conocí. Pero estoy segura de que sabía mi pasado y mi futuro. A mí, como no me importaba su dinero, me daba lo mismo. Creo que Serrano sabía que su dinero no me importaba, que andaba con él porque era tan solitario como yo. Al parecer lo tenía todo pero estaba más solo que nadie, ni siquiera tenía una abuela como la mía. Las noches que Mario iba con nosotros de juerga, se la pasaba metiéndome ideas en la cabeza. Le encantaba Serrano y me lo pedía prestado por una noche. Verás que lo convenzo de probar otros placeres, aseguraba. No tenía duda de que pudiera hacerlo, Serrano ya era bastante atascado. Nos divertíamos mucho juntos y la mota que fumábamos a diario era el principio de la fiesta. Empezábamos la noche a las dos de la tarde y la terminábamos a la mañana siguiente, o si nada de lo que nos habíamos metido nos tumbaba, podíamos continuar varios días más.

Serrano se quejaba de que aun despierto tenía pesadillas. Que lo perseguían unas mujeres con cara de cebra. Ésa era la señal para que no me apartara de su lado. Temblaba en mis brazos. Lloraba tanto que me partía el alma. Entonces nos poníamos al parejo de coca. No quería que se sintiera tan solo como yo. Ni siquiera a Mario le permitía opinar sobre nosotros. Durante ese año no vi a mi madre y sólo llamé a mi abuela el día de su cumpleaños. Quedé en pasar por la noche a darle un beso, pero lo olvidé. Serrano ocupaba todo mi tiempo. A pesar de que nos perdíamos en discusiones absurdas, aunque lo retaba a los golpes, no se atrevía a pegarme y terminábamos abrazados llorando. Pasábamos de la ternura a la violencia en un segundo. Un día dijo que ya no tenía remedio, que no podíamos seguir así, que había tomado la decisión más trascendente de su vida: recluirse en una clínica de rehabilitación. Como si comer y dormir un mes a pierna suelta en un hotel de playa fuera suficiente para que un médico hijo de puta terminara diciendo que eras un hombre nuevo.

Quiso que nos despidiéramos sin fiestas ruidosas, ni amigos sensibleros. Nos fuimos a Playa del Carmen. Creí que por fin conocería su velero. Siempre me lo presumía, me hablaba de él como si fuera un amigo. Me prometía que lo rebautizaría con mi nombre. Estaba atracado en Cancún. Me lo señaló desde lejos, era imponente, capaz de violentar al Pacífico. Pasamos una semana maravillosa. Un sueño. Bebimos tanto güisqui y champán y nos metimos cuanta coca y tachas pudimos. Teníamos al *dealer* en la puerta las 24 horas del día. No quisimos salir a la playa. Nos gustaba oír el mar desde la cama o la tina del baño. Con eso era suficiente para sentirnos en alta mar, navegando la vida que habíamos soñado. Serrano no sabía nadar y le tenía pavor al agua. En otros viajes, me miraba desde la ventana del hotel. No se atrevía a ir más allá. Odiaba la arena, el sol, los mosquitos, pero le gustaba verme nadar.

El mismo día que regresamos al D.F. tomó un avión para ir a Oceánica. Me pidió que me quedara en su casa, que lo esperara. Había cuadros arrumbados por todos lados, lienzos con trazos a la mitad, sus pinturas y caballetes empolvados. Me dejó dotación de cocaína suficiente para un mes. Jamás me había sentido tan feliz en la vida. Me dejaba a cargo de todo. Tenía un ejército de personas que cuidaban de él y ahora cuidarían de mí: sus cuatro guardaespaldas, un psiquiatra, una enfermera y una secretaria que atendía su oficina, a la que nunca iba. Un chef que le moderaba la dieta que jamás respetaba y un jardinero que mantenía en forma sus arbolitos bonsáis. Como no confiaba en nadie, dejó a mi cuidado su mascota: un pez anaranjado y de ojos saltones que tenía en una pecera enorme. Hablaba más con él que conmigo. Creo que la única responsabilidad que Serrano cumplía al pie de la letra era darle de comer y verlo nadar. Al tercer día de que se fue, la coca se terminó y el puto pez se murió. Estaba segura de que le había revisado el oxígeno como me había indicado. También le hablaba, le ponía la música que le gustaba, le compartía de mi coca. Recorrí todas las tiendas de animales y acuarios de la ciudad buscando un pez que se le pareciera. Les gritaba a sus guaruras que eran unos perfectos inútiles que no podían conseguir un pinche pez, cuando volvían con las manos vacías. Tenía seis semanas para conseguirlo. Pero al quinto día de haberse ido, Serrano regresó. Lo habían expulsado de la maravillosa clínica. En su primer *delirium tremens* le partió todos los huesos de la cara al enfermero que trataba de ponerle una camisa de fuerza. Al llegar, lo primero que hizo fue preguntar por Tocomadera. No sabía que tenía nombre, le dije. Se pasó la noche llorando, como si su madre se hubiera vuelto a morir. Después supe que había sido su mascota los últimos doce años. Que había pagado meses de hospital cuando un hongo le afectó la piel y no podía respirar. Al salir del sanatorio de peces, él mismo le daba su medicina, lo ayudaba a nadar, con popote le daba de comer en la boca. Me mostró videos de Tocomadera desde pequeño, durante los meses de su enfermedad y su recuperación. No pude más y lloré con él.

De mis anteriores parejas, Antonio me aseguraba que a Serrano era al único que yo había querido. Me moría de risa. ¿Cómo me iba a enamorar de un hombre que no sabía ni dar la hora? Para olvidar tantos golpes de la vida, me dijo Serrano, nos fuimos a Tijuana a un campeonato de lucha libre. Volví harta de él, de sus guaruras, de no poder siquiera bajar los vidrios de su auto blindado. Algo así le grité el día que fuimos a Valle de Bravo a un *rave*. Estuve esperando que Serrano se desocupara y estuviera conmigo. Se pasó la noche hablando con Beto Gómez, el director de cine. Quería hacer una película sobre su vida. Yo estaba con Julián, el DJ que el mismo Serrano me había presentado como su gran amigo de *high school* de Nueva York. Tenía un tatuaje en el brazo izquierdo que le caminaba, desde la muñeca hasta la cabeza, pasando por el hombro y rematando en el omóplato con una sensual virgen de Guadalupe. En la nuca también le brillaba una estrella de David entre llamas. El humo formaba negras y delirantes imágenes que se le trepaban a la mitad del cráneo, donde lo coronaba una enorme svástica. Durante horas Mario estuvo intentando pararle el pito a Serrano y ni siquiera con la experiencia que decía tener en la boca, pudo lograrlo. La fiesta acabó en gran pleito, Serrano me reclamó que lo había dejado solo por estar con Julián, se quitó de encima a Mario y cuando sus guardaespaldas estuvieron a punto de madrearlo, les caí encima como fiera. Entre gritos, medio México se enteró de que el señor Serrano nunca me había cogido. Era impotente. ¿Saben cómo se le para?, grité levantando en alto el dedo medio de mi mano. ¡Cállate!, me dijo y me reventó el hocico de un putazo. En ese momento quise mandarlo a chingar a su madre. No pude. Esa noche la pasé con Julián y al día siguiente volví con él.

Juró que me quería. Se disculpó de mil maneras. ¡Yo sólo quiero que me cojas!, le grité. Ya no fue lo mismo. La semana siguiente me pidió que lo ayudara con la jeringa, temblaba tanto que no podía sostenerla. Estábamos en su cuarto, recostados en el suelo, cuando comenzó a retorcerse de una manera violenta. Intenté subirlo a la cama, pero sólo logré dejarlo sentado sobre las almohadas. Estuvo inmóvil muchas horas, no hacía gestos, sudaba y sudaba. Busqué mi dosis y el muy cabrón se la había metido toda. Quise dormir a su lado pero no pude, las sábanas estaban empapadas. Tampoco quise sacarlo de su viaje. Pasaron dos días, Serrano seguía cada vez más pálido, traspirando lo bueno y lo malo. Me recosté sobre su pecho. No oí nada. Como si el corazón se le hubiera detenido. Tenía una serenidad envidiable en el rostro. Me senté en un sillón a verlo dormir. Al tercer día resucitó enloquecido, amenazándome. Traté de calmarlo y comenzó a golpearme, a destrozar toda la habitación con mi cabeza. Entraron sus guaruras a quitármelo de encima. No podían contenerlo ni liberarme. Debajo de una almohada sacó su pistola y me la clavó en el cuello. Si me tocan la mato, gritó. Temblaba. Comenzó a llorar, me hizo a un lado y se metió la pistola a la boca. Antes de jalar el gatillo se aventó por la ventana.

Estuvo hospitalizado más de un mes. No pude verlo. Su personal de seguridad no me dejaba pasar. Eran otros, a los que yo conocí los habían corrido por ineptos. Como el muy pendejo de Serrano nunca se aprendió mi nombre y me llamaba con el primero que se le venía a la cabeza, no estaba incluida en la lista de visitas que él mismo había dictado. Hice guardia varias noches en el hospital, hasta que se lo llevaron a Houston. Me sentí abandonada. No sabía si extrañaba su risa o su coca. Buscando en mi bolso el último gramo que me quedaba, me encontré el teléfono de Julián.

Pasó por mí en su coche, un Opel que tenía los vidrios estrellados, como rotos a batazos. Es mi carro favorito, le dije. Es una señal. Cogimos con locura. Le descubrí el tatuaje más hermoso que he visto en mi vida. En la ingle derecha tenía el dibujo de una vagina entreabierta por donde se asomaba un feto cadavérico. Soy yo antes de nacer, me dijo. Al segundo día ya circulaba por mis venas más música que sangre y unas sustancias que DJ prometió que no me quemarían los brazos como a él. Si Serrano era denso y violento en su viaje, Julián era peor en sus cinco sentidos. A esas alturas ya no podía estar sin una línea, un pinchazo o cualquier *pasta* para coger, dormir, levantarme, tener hambre o para no sentir miedo. Pocas semanas duró nuestro romance. Vivía en una vecindad de la Portales. En un cuarto pintado de negro, piso, paredes y techo. Me dijo que me amaba, que yo era la musa que tanto había buscado. La noche anterior a que desapareciera dormimos en la banqueta. El coche nos había dejado tirados como a veinte calles. Descansemos un rato, me dijo, después de caminar y caminar. Nos acurrucamos debajo de un poste y despertamos a media mañana. Estábamos a unos pasos de su casa. Nos encerramos y nos acostamos en el suelo a comer mazapanes, a ver girar una bola de espejitos que colgaba del techo. Es nuestro planeta, nuestra luna de miel, me aseguró. Yo me quedé dormida con los ojos abiertos y él salió por más heroína. Dejó AC/DC a todo volumen para que no me sintiera sola. Al poco tiempo desperté y revolví la casa buscando una dosis que me mantuviera viva, el muy maldito se había llevado hasta las cucharas. Antes de comenzar a quedarme ciega y mirar entre las sombras los mismos monstruos de Serrano. Antes de escuchar voces que no podía distinguir porque el tránsito de Tlalpan hacía imposible que huyera para salvarme, comenzó el escalofrío. Calambres en las piernas que me tiraron de nuevo al piso y me estallaban en el vientre. Un temblor incontrolable me empezó en el brazo derecho. Como si fuera la mano de otra mujer, me cogió del cuello. Quería asfixiarme. Me levanté de un salto y ese brazo enorme que ya no era el mío, me azotó contra la pared. Cuando alguien llamó a la puerta vomité los mazapanes. No podía parar de vomitar. Escupí mis entrañas. Al sostenerme de la pared, intentaron quitármela. ¡Déjala, no la muevas!, grité, ¡no ves que me estoy cayendo! Se me quedaron dos uñas en la pared. Tiraron la puerta y vi a unos hombres que me miraban. La música me reventaba la cabeza. Era el peor sonido que había escuchado hasta entonces. Quise salir corriendo pero me detuvieron unos policías. Me golpearon, según ellos porque traté de morderlos. Me sacaron desnuda, tenía el cabello hecho una maraña. Temblaba. Me sangraban las manos. Dentro de la patrulla me dieron algo para dormir. Desperté en un hospital. Después de un año de no ver a mi madre, apareció al lado de mi cama. Me veía con la mirada más dulce que jamás le he vuelto a ver.

18

EL SAN RAFAEL ES UN PSIQUIÁTRICO en donde también internan a alcohólicos y adictos. En ese lugar tuve mis peores pesadillas. Hasta ahí me seguían los monstruos de Serrano, las Willis que persiguen a Giselle, fantasmas sin ojos que me rodeaban. Volví a soñar con Susana y el Güero. Los veía cogiendo como perros. Se burlaban de mí. Soñaba que el diablo me poseía, me quemaba la concha con su falo de fuego. Volvió el recuerdo de mi hijo. El que se salió de mi vientre. Les gritaba que me lo volvieran a meter. Era el hijo de Raúl. Quería tenerlo de nuevo en mis entrañas. Era mío y de Raúl. Me amarraron a la cama. Llegué a estar varios días meada, cagada y no me atendían. En lo oscuro de mi delirio, recordé a Tasha. Estaba segura de que era la misma rusa que bailaba en el *table dance* de la Zona Rosa adonde iba con Serrano. Era más vieja, por supuesto, y dijo llamarse Maya, como la Plisétskaya. Decía que la mafia rusa la había traído a México. Presumía haber sido espía del gobierno de Moscú en plena Guerra Fría, cuando fue amante del embajador gringo, al que volvía loco con sus bailes árabes. Mover el vientre es la única danza que sé, me contestó, cuando le pregunté si era mi maestra de ballet. Pero sus ojos respondieron otra cosa.

Nunca estuve segura de que fuera la misma, porque tampoco yo sabía cómo me llamaba por ese entonces. También volvió el recuerdo de aquel antro grotesco al que me negaba a acompañar a Serrano. Me recordaba mis propias pérdidas. Pero él tenía sus métodos para convencerme. Funcionaba de forma clandestina en el sótano de un viejo banco. Nos recibía una mujer en liguero, vieja y gorda, a la que le decían Ballena. Se mecía en un columpio y aceptaba propinas por dejarse peinar los vellos del pubis. Parecía un palacio de la Inquisición. En las antiguas bóvedas que aún conservaban sus puertas de acero y cierre de timón, exhibían aparatos de tortura y prótesis desvencijadas. Nuestra mesa de pista siempre tenía el letrero de reservado. La penumbra del lugar me impedía ver los rostros de la gente. Todo estaba encortinado rojo y los sillones también eran de terciopelo. Olía a encierro de sótano. Sólo el escenario estaba bien iluminado. Pasábamos horas bebiendo, aspirando coca sobre el vidrio de la mesa, disfrutando el desfile de mujeres mutiladas. Viejas a las que les habían arrancado los senos por cáncer de mama o con grandes cicatrices de quemaduras en el cuerpo. Mujeres deformes tratando de hacer malabares en el tubo. Varias enanas cogiendo con un tipo descomunalmente gordo. Leprosos sin dedos que se masturbaban con los muñones para ganarse unos billetes y el aplauso de los clientes. Jovencitas sin brazos y sin piernas cogiendo con otros en iguales circunstancias, amarrados con cinturones de cuero como si fueran una misma pieza de escultura griega. Todos tenemos algún trozo del alma mutilado, decía Serrano cuando anunciaban el final. La orgía donde se prestaban entre sí los miembros que les hacían falta. Al cabo de las horas me aclimataba al lugar y hasta me excitaba el broche de oro del show: El Gran Fornicador. Un tipo flácido que usaba máscara de verdugo y calzones de cuero. Le faltaban las manos. Saludaba alzando unos garfios de plata, al quitárselos, descubría sus muñones, parecían un par de penes con hueso. Se cogía a tres mujeres a la vez, metiendo los brazos hasta los codos.

Cuando mi abuela se enteró que estaba internada en el San Rafael, me rescató. Les dijo a los médicos que era a su hija a quien deberían haberle dado los electroshocks que yo recibía una vez por semana. Que no era *border*, ni bipolar. De nuevo me llevó a su casa y me cuidó. Lo único bueno que saqué del psiquiátrico fue a Geraldine Novelo, mi psicóloga.

19

¡CÓMO INSISTES CON EL TELÉFONO! No quiero contestarte, mamá. Ahora no. No quiero que preguntes dónde estuve el fin de semana. Desde cuándo tu preocupación por mí. Qué lástima que ahora no eres el centro de atención, como lo eras el día de mi cumpleaños o el tuyo, o el día de la madre. Escogías una fecha significativa para que estuviéramos a tu alrededor: navidad, año nuevo, el cumple de la abuela. Una caída, una nueva enfermedad, un dolor terrible que requería hospitalización. La noche que estrené *Carmen* era la más importante de mi vida, y no pudiste llegar. No recuerdo si fue la vesícula o el apéndice. Hiciste que mi abuela se dividiera en dos para estar contigo y conmigo. Llegó comenzada la función y se fue antes de los aplausos. ¡Déjame en paz! ¡Déjame vivir! Hace dos días que estoy metida en mi casa. Dándole vueltas a las horas. Esperando que vuelva Antonio. El sábado se fue, mamá, y estoy esperando que regrese. Lo esperé el domingo, como a él le gustaba: desnuda, sin bañarme. Como él me dejó desde que se levantó de esta cama. Ayer mi casa era un hoyo negro y profundo, lleno de ruidos que desconocía. Nadie llamó por teléfono ni tocaron a la puerta. Sólo Pascuala y yo, sin ánimo de nada. Mirando al techo, las paredes, tratando de olvidar sus ojos, sus delirios. Recordando que el próximo jueves es mi cumpleaños. Mi abuela supo que mi madre me esperaba gracias al tarot. Mi abuela lee las cartas. Al acercarse mi cumpleaños no puedo evitar deprimirme. Algo distorsiona esa fecha. De nuevo siento el rechazo de mi madre, de mi padre. La ausencia de Conrado. La muerte de Raúl y ahora tú, Antonio. ¡Odio mi cumpleaños! Aborrezco esta fecha y lo cobarde que fuiste, madre. ¿Por qué no me dejaste morir aquel día que lo intenté? Nadie creía que pudiera bailar *Carmen,* por mis cicatrices en los brazos. Cuando le conté a Antonio cómo me había cortado las venas, me llenó de besos. Prometió cuidarme.

Necesito descansar. Estirar los músculos de brazos y piernas. No quiero encontrar culpables. Necesito juntar la sal de mi llanto, guardarla en un frasco. Si pudiera también guardaría este amor, separándolo de la maldad. Si no hubiera ido a aquella fiesta de cumpleaños. Si no te hubiera conocido. ¿Qué nombre tendrías? No tengo mucho más que decir. Este ejercicio de memoria me tensa los músculos del cuello. Te extraño en mi cama, cierro los ojos y me vuelve la imagen de tus labios. Las sábanas me seducen como si fueran tus brazos. Lo único que quiero es estar contigo. Dormir sobre tu pecho, oír cómo se agiganta tu corazón al cruzar mi pierna sobre tu deseo. Adivinar los sonidos de tu cuerpo, confundirlos con los míos. Mirarte con los ojos de mis manos y con aquellos que descubriste a fuerza de besos, en ese mes que pasamos encerrados en tu casa. Estoy esperando que vuelvas, como otras veces. Aunque no me llames y no sepa nada de ti, sé lo que harás cada día. Lo que comerás, lo que mirarás en la televisión. Dónde colocarás tus nuevos negativos en el cuarto oscuro, qué cámara usarías para mi cumpleaños. Lo sé porque lo siento, estamos tan conectados que somos una afirmación de nosotros mismos. Te conozco tanto que podría reconocer tu apéndice, tu hígado y tus huesos en mitad de la niebla, con tocarte sé lo que hay bajo tu piel, en el fondo de tu cuerpo. Si pudieras sentir mi amor, lo demás no importaría. No quiero rogarte más, no quiero ya decirte más. Ahora sólo deseo dejar afuera lo que parece imposible: mis ganas de ti.

Escucha bien mis palabras. Me estoy cansando de mis ojos, de mi cuerpo. Hice lo que estaba a mi alcance para que reaccionaras. Tengo la conciencia tranquila. Aunque otros pensamientos me torturan. Lo que pudo haber sido y no fue. Invento una vida llena de amor y la nostalgia de esos momentos no vividos me acosa. No siento vergüenza al recordar lo que te confesé el sábado. Mis palabras te hicieron volverte en mi contra, como si yo fuera el enemigo. Jamás te había visto así. Jamás mis palabras han tenido tanta veracidad. Sabías que te quería, con una fuerza animal que me hacía reconocer tu aroma y extrañarlo. No puedo más, esta esperanza de que vuelvas me está cortando en pedazos. Me decepciona tu forma de enfrentar las situaciones. Descubro tu carácter voluble, egoísta. Tus miedos. Descubro que no eres capaz de compartir. Busco respuestas. Busco tu voz para nombrarme.

20

¿SI ERES TÚ QUIEN LLAMA? No, seguro que es mi madre, debe de estar como loca porque perdió a Belisario Rojas. Siempre pensó que volvería. Por lo menos el inglés que aprendí en el Colegio Americano tendría que agradecerle a mi madre. Al salir del San Rafael, busqué a Jorge, él me abrió un mundo nuevo: los libros, la traducción. Pagó los cursos necesarios para que aprendiera a traducir del inglés y del francés. Insistía para que no dejara las clases. Repetía que los idiomas eran el futuro. También quería que estudiara chino. Eres un loco, le contesté. Apenas podía con lo que sabía y ya quería que supiera leer en cinco idiomas. Comencé a traducir manuales, textos pequeños, primero del inglés, que lo sentía como lengua materna, y continué con mis clases de francés en la Alianza, mi abuela me las pagaba. Jorge me enseñó a escribir. Decía que la manera de redactar una carta es la forma como piensas, entonces quizá con mis traducciones también aprendí a razonar.

A pesar de que Jorge ahora me tiene llena de trabajo nunca entendí por qué te molestaba tanto mi relación con él, Antonio. Si solamente venía a casa para revisar textos en la computadora, para traerme un nuevo diccionario o unos gramos de coca, era la propina que me daba si le entregaba a tiempo. Además, siempre la compartía contigo porque decías que no eras celoso. Pero con Jorge es distinto, reclamaste. Pues yo sí soy celosa y me dabas suficientes motivos. Siempre he sabido cuando me quieren ver la cara de pendeja. Sentía que te fijabas demasiado en el físico y me volvía la inseguridad de mi niñez, el miedo a que me dejaras por no ser hermosa como las mujeres que te rodean. Como Marissa, tu ex novia italiana. El fantasma de esa mujer nunca dejó de perseguirnos. Comenzaba una lucha interna. Pensaba que me harías a un lado por mis defectos. Me presionaba tanto que me impulsaba a huir, a hacer locuras. Recuerdo que al volver de la secundaria, me encontraba recados de mi madre sobre la mesa del comedor o encima de mi cama. Llegué a odiarlos tanto que ya no me hacían llorar, me daban rabia y los tiraba sin leerlos. Eran notas de despedida o de suicidio.

También te escribía cartas y las dejaba de sorpresa, para reafirmar mi amor. Algunas las escondía un poco menos, para que las hallara alguna lagartona y supiera que tenías mujer. Por eso, mientras dormías, te escribía mi nombre en la espalda, como si fuera un tatuaje que, por más que te pedí nunca te quisiste hacer. Una vez te escuché decir que todas las mujeres tienen su por qué y su por dónde. Odiaba ese tipo de comentarios machistas. Te gustaban las que usaban zapatos de tacón. Los odio. Son anticuados, te deforman el pie, dañan la columna, los riñones y aunque causan estreñimiento los uso por ti. Llenabas tu estudio de viejas flacas, de tetas y labios operados. Con seguridad te las tirabas, por lo que sí tenía motivos para armarte un escándalo. Como aquella loca que saqué encuerada y de las greñas hasta la calle. Según tú, estaban trabajando. O la otra tipa que parecía tu sombra en la exposición de Cristos desclavados que montaste en la Casa del Lago. Con ponerle un pie atrás fue suficiente para verla caer.

Tuve mi época de mezcal, de tequila, de ron, de güisqui. Ahora estoy en la de vodka y vino tinto. Hace casi diez años que no bailo. Que no subo a un escenario. Contigo recorrí todos los teatros. Vimos las puestas de *Carmen*, *El lago de los cisnes*, *El cascanueces*, *Romeo y Julieta*. Todo el ballet que pudimos. En los pasillos del teatro me encontraba con mis antiguas compañeras y sé que hipócritamente me preguntaban cuándo volvería a la Compañía. Las odiaba. Odiaba que me confrontaran. ¿Cuántas vidas vivimos? Yo quería la verdad, tu verdad. ¿Será mejor vivir en nuestras fantasías, no salirnos del esquema que ya conocemos y nos reconforta? ¿Seguir a ciegas? porque al encontrar lo que buscas te das cuenta de que no valía la pena. Estoy segura de que mi madre es feliz creyendo que Belisario Rojas algún día volverá, aunque ella sabe que es mentira. ¿Cuántas verdades paralelas vives en tus fotografías, Antonio? ¿Por qué escondes muchas de ellas? ¿Qué guardas en los baúles Rubbermaid bajo candado? ¿Por qué te quedabas callado al preguntarte por alguna de tus anteriores mujeres? Te aseguro que no te gustaría saber, me respondías. Después conocí el fin trágico de Marissa, el asesinato de tu hermano. Tu silencio es también una mentira. El amor es una gran mentira. Una pérdida de tiempo en el que inviertes años de tu vida por unos pocos momentos de satisfacción. Yo me invento tus silencios, interpreto tus movimientos. Eso deberías saberlo, a un tauro no debes dejarle nada a la imaginación ni la más mínima sospecha. Somos especialistas en hacernos historias, en atar cabos inexistentes. Los celos me confunden y me consumen de la peor manera. ¿Por qué la verdad duele?

21

ODIABA QUE FUERAS PUNTUAL. Eso es como no dejar nada al azar. Las coincidencias son destino y nuestras decisiones afectan la vida de los otros, más de lo que pensamos, sin siquiera enterarnos. Por un azar mi madre conoció a Belisario Rojas. Por un juego del destino tú y yo nos encontramos y una serie de coincidencias me hicieron pensar que tú eras el hombre de mi vida. Yo no iba a ir a la fiesta de cumpleaños donde te conocí. Gabriel, el chavo con el que salía por ese entonces estaba en Monterrey y había perdido su vuelo de regreso. Fuimos a última hora. Te vi tras la barra, sirviendo los tragos y sentí tus ojos atravesando los míos. Al acercarte, tu olor de macho dominante me inundó. Pusiste una mano en mi cintura y fue como si un huracán me recorriera. Sentí que perdí. Una semana antes mi abuela me había dicho que las cartas le revelaron que conocería a un hombre tauro, que llevaría zapatos rojos, que simbolizan libertad. Tus tenis eran rojos y responderme que tu fecha de cumpleaños era el 22 de abril, tres días antes que el mío, fue la comprobación total. Dios nos había puesto en el mismo camino. No sé si el Dios de mi madre, el de mi abuela o el mío, pero sí un Dios humano y comprensivo.

Me llevaste a tu casa. Al llegar me sorprendió un cierto olor a formol que venía de tu cuarto oscuro. Es el líquido para revelar, me mostraste. Apenas tenías muebles, una mesa, dos sillas, un *loveseat*, una bicicleta ponchada en un rincón de la sala, un pequeño televisor y un gran reloj que inundaba el silencio con su tictac. La cocina estaba bien equipada. Seguramente le gusta cocinar, pensé. Había poca luz, contrario a lo que se supone es la casa de un fotógrafo. Las cortinas eran ahuladas, y dormías con antifaz. A la mañana siguiente desperté con el desayuno en la cama. Me diste de comer en la boca, como a un cachorro. Dijiste que cuidarías de mí. Abajo del plato había un papel amarillo que decía: «Ni la altura de los árboles se compara con tu elegancia. Ni el agua de los ríos es tan fértil como tus fluidos. Ni la fuerza de los vientos dice lo que calla tu aliento. Lo que tus ojos gritan si me acerco. Ayer me busqué en tu bajo vientre. Me hice eterno en tus labios, en la profundidad caliente y viva de tu entrepierna, buscando lo que sabía no iba a encontrar». Supe que te quería desde el primer momento en que te vi, me dijiste. Al cruzar la puerta, tu nariz atrapó mis ojos. Ninguna nariz como la tuya. Te escuché y eso me mató de amor. Te abracé. Me puse a llorar mientras me hacías unas fotos con música de los Rolling Stones. Que sean las mejores que hayas hecho en tu vida, te reté. Los primeros disparos me los hiciste recostada en un sari de la india que cubría los baúles Rubbermaid, donde escondías quién eras realmente. Después me pediste que bailara un poco. El erotismo no está en el desnudo, sino en el movimiento, dijiste entre los parpadeos del flash.

Te comencé a descubrir por el orden de tu casa. Supe que comías muchos cereales, que la carne te gustaba casi cruda. Te dije que había sido vegetariana y budista al volver de Cuba. Era muy violenta y creí que al no comer carne roja sería menos iracunda. Te conté que en mi búsqueda había cambiado tres veces de religión y en todas había encontrado al mismo dios cruel e inhumano. Ahora creo en el destino. En la fuerza de voluntad. La magia del momento duró hasta la una de la tarde, la mujer del cumpleaños llamó y comenzó a apedrear tu contestadora con palabras que no escuchaba desde los doce años. Ignorála, me dijiste. Me fui antes de las tres de la tarde, sin ducharme, con el aroma a sexo en la piel. Caminaba retando a la gente: huélanme, acabo de coger con el hombre más maravilloso, y ustedes, bola de mal cogidos, van por el mundo arrastrando penas.

22

ANTONIO ME SORPRENDÍA con sus historias. Una noche de lluvia me contó de sus días en Nápoles: Cuando joven tenía la ilusión de los premios, el International Press, el Pullitzer. Publicar en *Time, Life, Paris Match*. Ahora no. La fotografía de guerra es un azar, un disparo de suerte puede consagrarte en la portada de las mejores revistas y diarios del mundo, así de fácil. Detrás de la cámara hay que tener mirada infantil, sólo así descubres imágenes, te rebasa la intuición hasta el asombro. Al buscar la fotografía la encontraba donde menos lo esperaba. Yo no invento nada. Mis fotos no mienten. No he retratado un mundo que no existe. Africanos ejecutados por neonazis. Coches bomba destrozados por ETA. Imágenes de mujeres muertas brutalmente a manos de sus parejas. Tampoco podía salvar a nadie, todos estábamos ahí porque queríamos, unos detrás de la droga o del dinero, otros corriendo por salvar el pellejo y nosotros buscando el encontronazo, la nota, el reconocimiento. Santo Tomás fue el primer morboso de la Era Cristiana.

Cuatro años vivió en Europa, no tanto como corresponsal de guerra como decía su pasaporte, sino de nota roja, que para el caso es lo mismo. Las primeras semanas estuvo viviendo entre Barcelona y Toulouse. Después Marissa y él se mudaron a Roma hasta que decidieron instalarse en Nápoles, tierra de nadie, decía, le daba una calada al cigarro y continuaba: jamás había vivido en una ciudad tan destartalada, ni tan caliente. Sus calles están aturdidas por la música y el futbol en la televisión, como si la gente quisiera llenarse la cabeza de más ruido, por eso las motos son el mejor transporte, un enjambre que zumba día y noche. El centro es un hacinamiento de inmigrantes rumanos o gitanos. Callejones solitarios y estrechos, una vez que los comienzas a andar el retorno es tan largo como la salida. Me sabía observado por ojos que descubría atrás de las ventanas de los que viven en la clandestinidad, familias de diez o doce personas en cuartos sin ventilación, con el olor a cañería y *ragú* pegado a las narices. Trabajando de costureros, copiando discos, embolsando dosis, con la puerta abierta y la abuela sentada en la entrada, vigilando. Siempre con ropa tendida en la ventana, ciertas prendas y colores son claves de peligro, de ausencia, o de trabajo terminado. Adentro se seca la ropa del diario, en un caballete de plástico que una tarde anochece en la cocina y al día siguiente despierta a un lado de una cama. Apenas ha terminado de secarse la ropa ya están echándole más encima. A veces el abuelo lo usa de andadera y los niños ya han aprendido a esquivarlo como a un mueble más de la casa, al salir corriendo para la calle, tropezándose con el perro, los gatos del vecino o las bolsas de basura sin dueño.

Marissa fue quien le consiguió trabajo en el diario *Corriere di Caserta,* como fotógrafo. En una Vespa recorría las calles, fotografiando a miembros de la Camorra ajusticiados en guerra de clanes. Había de todo, hombres torturados con saña, mujeres con el tiro de gracia, cadáveres calcinados o algún muerto impecable, asesinado a manos de las Guardias Blancas, sicarios que para matar no usaban sino la fuerza de sus puños, contrario a los futbolistas que, para cobrar cualquier deuda o venganza, lo hacían sólo a patadas. No dejaban un hueso sano, me aseguró. Pronto tuvo su propia red de soplones: policías, carabineros o infiltrados. Aunque su principal informante era Barbaroja, un mendigo ventrílocuo que hablaba a través de una muñeca rubia que sentaba en el regazo. ¿Quién podía confiar en lo que dijera una muñeca? Jamás le conoció su verdadera voz. El tipo aseguraba que la Camorra, en una golpiza, lo había dejado mudo. Pedía limosna con un letrero de cartón mal escrito, puesto a los pies, donde contaba su vida llena de desgracias. Era un tuberculoso que entre sus constantes ataques de tos, escupía grandes coágulos de sangre en un pocillo, pero muchos se le quedaban entre los pelos de la barba. Se apostaba en las escaleras de los tribunales, desde ahí podía escuchar al que entraba y salía: jueces y abogados, inocentes y culpables. Nadie reparaba en su mugrosa figura, su carcajada sin dientes, en el perro que lo acompañaba y que le lamía la planta de los pies o se tragaba las babas del pocillo cuando le apretaba el hambre. Barbaroja muchas veces le dio el pitazo de a quién matarían o adónde arrojarían el cuerpo.

Antonio se reunía casi todas las tardes con otros fotógrafos en la iglesia de San Giovanni, un templo frío y oscuro como cueva de lobos. Sentados en las bancas hablaban con total tranquilidad mientras las viudas encendían velas o barrían las colillas que echaban al suelo. Intercambiaban información y reportes. Al grupo que formaron los bautizaron como Los Mosqueteros y el otro, que era Antonio, por haber sido el último en agregarse al grupo. Más que ir a ver muertos, los muertos me miraban a mí. Hay que tener buen ojo para oler la sangre, me presumía.

Nápoles es la cara feroz del Vaticano. Me estaba diciendo Antonio cuando llegó la pizza Domino's que habíamos pedido y que no pagué porque salí desnuda a recibirla, mientras él estaba en el baño. Me pidió que antes de abrir la puerta verificara por la mirilla que fuera el repartidor de siempre. ¿Quién crees que pueda ser, la Camorra?, le dije riendo. Instalados de nuevo en la cama, con la pizza al centro, continuó: los curas son los principales consumidores de prostitución, apuestas, lavado de dinero. Les llega la droga o la información vuela por los aires a través de palomas mensajeras. Todo está conectado con la Camorra. A Nápoles llegan barcos con mercancías de China, tecnologías del Japón, tabacos, perfumes y cosméticos, cualquier prenda hecha con mano de obra barata o infantil. Tienen conexiones en Nueva York, Ámsterdam, Barcelona, Sudamérica, Australia. Lo que vestimos y consumimos a diario ha pasado por las bodegas de la Camorra. Pocas horas están los barcos atracados en el puerto, pronto vuelven al mar para resurtir los grandes almacenes del mundo. La Camorra no sólo se dedica al narcotráfico, también extorsiona, controla la usura, vende protección, cualquier ilícito que puedas imaginar.

Los niños son los mejores asesinos, nadie sospecha de ellos. Desde el barrio de Scampia, corazón de la Camorra, se domina la bahía. Por sus grandes parques cualquiera cree que es un lugar ideal para vivir. Yo llegaba como si nada y me apostaba debajo de un puente a esperar. Pronto, un carabinero o alguien del clan, me preguntaba si le había avisado al *pali*. Al entrar a Scampia la vida de uno depende de alguien más, ya saben quién eres y lo que buscas. También ellos querían salir en la foto, me posaban con orgullo, compartíamos un cigarro y me dejaban tranquilo. Observaba cada movimiento, cada giro de sombra. La luz del mediodía es tan intensa que oculta tanto como la oscuridad. En medio del ruido descubres un silencio aterrador. Miraba de arriba abajo los edificios, entreteniendo la mirada en las ventanas más altas, tratando de descubrir al francotirador. Sintiendo el peso de la muerte a cada paso. Protegiendo la Coolpix con el cuerpo. Con los nervios a flor de piel, respirando agitadamente como si hubiera corrido una maratón, tratando de controlar mis movimientos, mi corazón acelerado, el miedo que me hacía ponerme al límite. Tenía que estar atento, un segundo de distracción es fatal. Todo es más complicado por los tendederos de ropa que cuelgan de los balcones como banderines de feria, entonces podía ser un blanco perfecto. Las paredes comidas por el salitre están llenas de agujeros de bala. En Scampia abundan las viudas. Los edificios tienen rejas o puertas de acero. La policía llega con motosierras para poder entrar. Se enfrentan al grito de las mujeres que les avientan agua caliente desde los balcones y cierran las persianas, convirtiendo las calles en una trampa segura para quien no sabe moverse en ese laberinto. En cualquier momento se desatan los tiros. A ellos también les conviene tener testigos, documentar sus hazañas. El grito de «¡María, María!», en la voz de un niño, es aviso de redada o de tiroteo. Justo al decir tiroteo, el reloj de péndulo de la sala marcó la media noche y Antonio, empequeñeció la mirada como un cazador, simuló una pistola con su mano y la descargó sobre una gran fotografía mía que estaba pegada en la pared de enfrente. ¡Oye!, le dije y le di con la mano. Recordé que en la plaza de Cuetzalan, cuando los chiquillos nos rodearon para vendernos cochinitos de barro, Antonio empezó a gritar aterrado: ¡quítamelos, quítamelos!

Después de cuatro años Antonio abandonó ese trabajo porque los mafiosos le mandaron un aviso para que dejara a sus muertos en paz. Yo no retrato muertos, al contrario, les doy vida, escribió en su libreta Moleskine que siempre traía consigo y que yo leía a escondidas. Era su diario: «Mi vida está en las sombras del cuarto oscuro. Con mi cámara he descubierto que todos podemos ser protagonistas. Descubro la mirada inocente, la mentira, el sufrimiento. Inevitablemente el dolor no sólo se queda en el papel, también se imprime en mi alma».

23

LOS ÚLTIMOS MESES allá los pasó retratando esculturas. Yo prefería ver las fotos de los asesinados que las de esas esculturas. Me moría de celos de los cuerpos y rostros preciosos que retrataba. Jamás me gustó su obsesión por captar con su cámara las copias de cuanto *David* hubiera en el mundo. Decía que terminaba descubriendo un gesto distinto, un nuevo movimiento, otra luz en la mirada. Tenía cientos de fotos del original de Florencia, la copia en bronce del museo Victoria y Alberto de Londres, la que está en la esquina de mi casa, en el parque Río de Janeiro, otra de Montevideo, y no sé cuántas más de un montón de países.

A Antonio le gustaba verme dormir. Al mediodía que yo abría los ojos lo descubría mirándome. Se metía de nuevo a la cama. Me inspira tu pereza, me decía al oído. Me hacía sentir otra vez niña, su niña. La casa olía a café y al lado de mi cama me esperaba un vaso de jugo de naranja. No había nada mejor que fumarme un churrito dentro de la tina y que me hiciera el amor antes de que se enfriara el agua. Más que pareja fuimos cómplices. Jamás he conocido a nadie que se parezca tanto a mí como Antonio. La misma terquedad que todo lo lleva a la obsesión. Con él sentí que podía confiar en los hombres. En el amor. En menos de dos semanas de vivir juntos ya hacíamos planes de tener un hijo.

Aunque Antonio me animó a regresar a la Compañía no pude volver a bailar. Se repitió la historia que viví con Raúl y que también ahora estoy padeciendo. Como si mi vida caminara en círculos. En la Compañía volví a empezar de cero. Me decepcionó darme cuenta que nada había cambiado. Las mismas envidias, la misma mala vibra, el cuchicheo de las chicas al verme frente a la barra. Lo siento, le dije a Antonio, ya no sé por dónde vienen los putazos. Te agradezco tu apoyo durante estos días tan feos, yo sólo quiero ensayar en paz. Me volvieron a sangrar los pies. Me volvieron los calambres en las piernas. Antonio me masajeaba. Mordisqueaba mis talones, mis callos, sentía placer y tortura al mismo tiempo. Me hacía reír y un leve cosquilleo estallaba en mi cuero cabelludo cuando lamía las heridas de las plantas de mis pies. Aseguraba poder adivinar en ellos los caminos que había andado, los escenarios recorridos, mis siguientes pasos. Los fines de semana comenzamos a viajar. Visitamos todas las iglesias de México. Tenía una extraña predilección por las que se llamaban Santo Domingo, santo del que su madre era devota. Decía que no había mejor católica que ella, que bien podía enseñarle el catecismo al Papa. Me explicó que los templos con trazo en cruz latina tienen forma de mujer. Doble puerta, como los labios mayores y menores, un pasillo tan largo como el ancho de una vagina, dos naves laterales simétricas como los ovarios y al centro un altar donde vida y muerte se conjugan en un mismo sacrificio. Al entrar a una iglesia se pierde la individualidad. Implica adquirir una identidad compartida donde se neutralizan los deseos. Entras a un mundo de fanatismo, donde dejas de ser tú y te conviertes en *nosotros*, postergando deseos y voluntades, dijo mientras fotografiaba criptas. Antonio imaginaba cómo debía haber sido la vida en 1714, de cuántas enfermedades se podía morir alguien en 1767. En Malinalco me llenó de flores. Me contó que en Monclova fabricaban las nubes. Me fotografió entre el viento de colores fríos de Cuetzalan. En Taxco puso mi nombre en plata y prometió que me ayudaría a dejar de fumar, pero sólo fue un pretexto para compartir el cigarro. Besos de humo, decía entre calada y calada. Para mí no había nada más romántico que iluminar sus labios con la brasa del cigarro después de hacer el amor. Escuchar sus historias de guerra. Hasta que un día dejamos de viajar. Si quería volver a bailar *Carmen*, no debía distraerme.

24

SÉ QUE YO TE PEDÍ que dejaras de usar condón. Me molesta. El látex siempre me ha irritado. Me enfurecía que me resecara la concha, que tuvieras que usar lubricante extra. Por eso te pedí que ya no lo usáramos. Que yo llevaría la cuenta de mis días. Además quería sentirte, piel con piel, disfrutar tu calor, la suavidad de tu sexo. Tenerte en mi cuerpo sin que nada nos separara, sin ese látex horroroso que me hace tanto daño. Tú y yo estuvimos de acuerdo. Lo hablamos hasta el cansancio. Tú mismo me entusiasmaste para que volviera a la Compañía. Para que intentara bailar *Carmen* otra vez, como la primera bailarina de Raúl. Mi abuela lo vio en las cartas. Pero como tú no crees en esas cosas, no hiciste caso. No podía esperar más. El estreno estaba próximo, yo estaba muy cansada, tenía mucho miedo de enfrentarlo. También tengo derecho a sentir miedo. No fue un pretexto lo del estreno, como reclamaste. El médico que hizo el aborto era un pendejo. Casi me cuesta la vida. Apenas recuerdo esa tarde. Me sentí tan humillada, como una delincuente. Nos cayó la policía. Estuve presa. Esposada a la cama de una «clinicucha» de la Cruz Roja. También en ese lugar había rejas y enfermeras celadoras. Me tuvieron con las piernas abiertas, mientras una sonda me violaba. Entraron a mi cuerpo con tal violencia que me destrozaron el sexo. Cuando pude llamarte, moviste tus contactos. Me rescataste. Me sacaste en brazos, casi a la fuerza, escurriendo sangre. No me dejes, no me sueltes, te pedí. Lo peor fue que no pude estar lista para *Carmen*. No he vuelto a bailar. No he vuelto a ser yo.

25

Decías, Antonio, que la verdadera intimidad entre dos no está en el sexo ni en los besos, sino en los objetos que se comparten: la cama, el cepillo para el pelo, beber de la misma botella, fumar del mismo cigarro, la música que se escucha, ver una película desde el mismo sillón. Compartir los olores del cuerpo es el único recuerdo que sobrevive. Geraldine me dijo que para tener buena comunicación entre dos, se deben hacer actividades físicas en pareja, salir a caminar, hacer ejercicio o correr juntos, así los ritmos se empatan, se reconocen. Tú y yo nunca bailamos. Odiaba que no te gustara bailar, que te enojara que en las fiestas de Mario me pusiera en los brazos de cualquiera. Decías que no bailabas por no sentir tus latidos. Una arritmia te impedía seguir el ritmo de la música. Eso lo habías utilizado a tu favor para la fotografía, las intermitencias en tu pulso marcaban los disparos de tu cámara. Te movías por corazonadas. Me encantaba que me contaras una y otra vez la historia de tu romántico infarto. La primera vez que cogiste, tu corazón se detuvo por instantes, pero aun en la oscuridad seguías viendo y escuchando todo de manera cercana. Volviste en sí cuando la mujer con la que estabas prendió la luz al sentirte inerte.

Mario me aconsejaba que hiciera danza contemporánea. Que ésa era la máxima expresión del cuerpo, total libertad. Pobre Mario, los bailarines somos los peores pagados del arte. Algunas temporadas llegó a estar tan flaco que creí que moriría de hambre. Pero como su papá y sus cinco hermanos son bomberos y sus dos hermanas estaban casadas, también con bomberos, decía saberse las técnicas para sobrevivir. Su madre es encantadora. Vive dedicada en cuerpo y alma a sus hijos, pero a Mario no le gusta que nadie lo cuide ni lo mime. Yo le envidiaba su familia y le decía que era un tarado por no estar cerca de ellos. Te los regalo, contestaba. Para mi padre nunca he existido, sólo ha tenido ojos para mis hermanos, que son como él: fuertes y brutos. Cuando salí con que quería ser bailarín, fue peor, se cumplieron sus sospechas. Te consta que mi padre nunca ha ido a verme bailar, dice que él no entiende de eso. No quiere darse cuenta, me dijo una noche con la ansiosa calma que deja la resaca de coca. Siempre me he fijado en los padres de quienes conozco. Es inevitable compararlos con los míos, con mi madre. En una crisis del Ballet Independiente, Mario consiguió trabajo en una productora de cine. Lo que me contó me pareció tan excitante que envidié su suerte. En una revista gay vio que solicitaban actores porno y como tiene el mejor culo del universo, no dudó que lo contratarían. Para el casting se depiló todo el cuerpo y se hizo un «facial» en las nalgas. Intentó quedarse por todos los medios como actor, pero no lo logró. Lo contrataron como «*coach* de producción», ni siquiera como extra. Su trabajo era mamarles la verga a los actores, entre corte y corte, para volvérselas a levantar.

A mí me gustaba acompañarlo y a los actores intercambiar experiencias conmigo. Iba con la intención de que saliera algo para mí. Quería ser protagonista de mi propia película. Cuando viví con Mario en su departamento de la calle Mesones, antes de que conociera a Serrano, me masturbaba tanto viendo sus porno que una vez dejé sin pila todos los aparatos de la casa, me las gasté usando los vibradores que había comprado en una *sex shop* de la Zona Rosa. Me pasé la tarde viendo una y otra vez una película Bel Ami, con jovencitos rubiamente perfectos. Siempre me ha excitado ver a tipos cogiendo. Es un sexo callado y seco. La fuerza de dos hombres en la cama no se compara con nada. Es una lucha de sometimiento y control. Le he preguntado a mi abuela si ella cree que en mi otra vida fui hombre. Algunas noches sueño que tengo un pene enorme. Que me cojo a las mujeres que se me cruzan por el camino. En el fondo hay algo de superioridad en el que penetra, un cierto abuso en el cuerpo que recibe. Mario decía que los gays no nacen así por un desequilibrio hormonal, que ese es un invento de los maricones para volverse objetos de estudio científico. Nos constituimos por lo que a diario mamamos en casa. Te haces mariquita por la falta de la figura paterna. Si uno es medio sensible, aunque el padre viva con la familia, si no hace valer su derecho, si es gris, acabas pegado a las faldas de tu madre, no hay vuelta de hoja.

Por ese tiempo Mario andaba con Eddy, un amante discreto que hacía yoga y dormía dentro de una pirámide de energía. Era madrugador y saludaba al sol cada mañana. Practicaba el sexo tántrico. Nunca se venía. Tan metódico que al coger, se quejaba Mario, contaba las arremetidas que le daba, ciclos de seis débiles seguidas de tres profundas. Mantenía la respiración en pleno clímax haciendo que su orgasmo fuera múltiple e interno para reciclar su energía, subirla del primer chakra, que son los genitales, al corazón, conectar el cuerpo con el espíritu. Le explicaba a Mario que al no eyacular, no desaparecía el deseo sexual. Pero Mario estaba obsesionado con romperle su concentración y hacerlo explotar. Te imaginas la cantidad de leche que debe de tener acumulada, me decía. Meses después me encontré a Eddy al salir del banco y me contó que se había desaparecido porque estuvo hospitalizado por una obstrucción de las vías urinarias. A los pocos días, Mario comprobó que Eddy había perdido un testículo.

Pero tú, Antonio, no eras como Eddy. Ésas son mentiras, me dijiste cuando te propuse hacer el intento. Sólo me dejaste ir un poco más allá. Quiero besarte hasta el fondo, te dije una noche que estabas desnudo tumbado bocabajo. Descubrí el más íntimo de tus olores. Hundí mi cara como si fuera a beber de un manantial. Es tan caliente y dócil tu cuerpo, te dije al penetrarte con los dedos. Al oír tus gemidos entrecortados y llenos de furia. Hicimos el amor toda la noche y al amanecer volviste con filos nuevos. Asegurabas que era el mejor momento para hacer el amor, la hora del lobo, el instante más oscuro de la noche, cuando se confunden los cuerpos y el lobo no tiene sombra, entonces ataca. Te sentí moverte entre mis piernas, como un rayo de sol que me despertaba, tan caliente que me congelaba el sexo. Te sentí arremetiendo poco a poco y cada vez con mayor fuerza. Me sujetaste del cuello a punto de asfixiarme. Sentí mi pulso por todo el cuerpo y cómo se desprendía la carne de mis huesos. Sentí una descarga que me dejó sin energía, de nuevo a tu merced.

26

LA OBSESIÓN DE MI MADRE por el chocolate fue uno de los muchos vicios que le heredé. Compraba grandes cantidades de Carlos V y me pedía que los escondiera. Con el tiempo tuve que mejorar los escondites. Cuando no la llamaba uno de sus amigos o llamaba para cancelar, se ponía como loca y revolvía la casa hasta encontrarlos. Acababa con ellos y seguía con el tequila que bebía con alguna pastilla para dormir. Muchas mañanas la encontré dormida en el sofá de la sala o sentada en el escusado, meada, con los calzones puestos. El día que ya no tuvimos dinero para sus anfetaminas y mi madre seguía sintiéndose gorda, decidió empezar una dieta infalible que le recetó su mejor amiga, dieta que yo también padecí: sopa y jugo de limón, por un mes.

Cuánto me hace falta tu consejo, abuela. Tu mirada. Nunca conociste a Antonio. Nunca te presenté a ninguno de mis amantes. No quería parecerme a mi madre. Sólo llevaría a tu casa al hombre que sería mi pareja. Ése no sé si fue Antonio o Nicolás, el editor que conocí en diciembre y por quien he perdido todo. Hasta donde llegará mi venganza. Hasta dónde soportaré la traición de Antonio. Era tan reservado, tan meticuloso como el que huye sin querer delatar rastro. Mis fotografías serán mi única prueba de vida, decía Antonio. Disfrutaba estar con él, su mundo era de una gran armonía. Me hacía sentir tranquila. Me escuchaba, siempre me escuchaba. Aunque era yo quien quería saber todo de él y poco a poco lo fui descubriendo. Como Tasha, también era hijo de un militar ligado al poder más oscuro. Antes de cumplir diez años ya recitaba *El arte de la guerra* que su padre le había hecho memorizar. Lo llevaba al campo de tiro a practicar con una .22. Le enseñó a afinar la puntería. Siempre da al corazón, la cabeza déjala para el tiro de gracia, le repetía. Pasó la adolescencia bajo el sol, pegándole a un costal de box hasta que le sangraban los nudillos. Antonio no había querido seguir con la tradición familiar. Su abuelo fue un general que peleó en la Segunda Guerra Mundial y su padre había sido una pieza clave en el Halconazo del Jueves de Corpus. Antonio firmaba que el peor de los destinos era heredar el nombre.

Parecía que había venido a este mundo a reivindicar a las putas, los negros, los indígenas y las bailarinas. Hacía años que no veía a su padre. Lo quería con un odio callado que sólo demostraba si estaba borracho o pacheco. Tampoco visitaba a sus hermanas ni a su madre. La noche que le pregunté por ellas, respondió cualquier cosa y cambió de tema. Me contó cuando estuvo en Chiapas el 1 de enero que los zapatistas tomaron San Cristóbal. Le pedí que me narrara con precisión cuándo sucedieron los hechos, quería llevar una secuencia de su vida y la mía, recordar dónde estaba yo en ese mismo año. Insistí más al enterarme que también él estuvo de limpia con un chamán, como yo con mi santero cubano. Por ese tiempo era fotógrafo de la revista *Proceso,* así que le pidió a su editor que lo mandara a Chiapas, con los contactos militares que tenía, llegaría al frente de guerra.

Con el general López Ortiz, compañero de armas de su padre, al que sólo le decía padrino en privado, jugaba ajedrez en la zona militar de Chiapas, a medianoche, cuando aparentemente no pasaba nada. Sólo así apaciguaban la incertidumbre que parecía imposible llevar solo a cuestas. López Ortiz lo dejaba hacer su trabajo con total libertad. Si estaba de humor discutía con él los nuevos asaltos. Recordaba los años que había perseguido a la guerrilla de Lucio Cabañas en las inmediaciones de Acapulco. Hablaba de tácticas y lo escuchaba perderse en histriónicos discursos, monólogos donde exaltaba la paz con una pistola en la mano. Antonio me contó cómo los soldados se ensañaban con los prisioneros zapatistas. Les tronaban los huesos de brazos y piernas, los arrastraban como si fueran juguetes de cuerda. A las mujeres las violaban sin sacarse del todo los pantalones. Te sorprendería saber que los zapatos son lo que más hace falta al principio de una guerra y lo que al final más sobra y estorba. Se hacen cerros con ellos. También se quedan sin su pareja, me contó la noche que acomodábamos los míos en su clóset al mudarme a su casa. Quítenles los huaraches para que no puedan huir o llegar muy lejos, eran las primeras órdenes del general López Ortiz al agarrar prisioneros. Pero con ellos no surtió efecto. Los zapatistas eran un ejército descalzo.

Antonio me contó que lo más desconcertante fue el gran parecido que había entre zapatistas y federales. Unos eran indígenas chiapanecos y los otros de Oaxaca o de Tabasco, sólo el uniforme verde olivo los distinguía. Seis meses estuvo en Chiapas. Llegó con los militares y huyó como guerrillero. Dormía con la cámara al pecho y disparaba al menor ruido. Nunca quiso publicar esas fotos, sería como traicionar su pasado, me dijo y siguió contándome: la mejor cámara fotográfica es la memoria. Aún tengo tan vivo el recuerdo del primer cadáver que vi. En muchas ocasiones acompañé a mi padre a la Dirección Federal de Seguridad y aunque no tenía autorizado salir de su oficina, después de horas de espera ya me movía con libertad por aquel sitio. Era como un refugio abandonado de burócratas, una casa cercana al Ángel de la Independencia. Por

sus ventanas enrejadas alcanzaba a ver una de sus cuatro esculturas del basamento, la mujer sentada que mira hacia el norte. Años
después comprobé que era La Justicia. Caminaba por pasillos solitarios, abría puertas y corría a esconderme debajo de un escritorio
al escuchar gritos espeluznantes, venían de un cuarto que no tardé
mucho en descubrir. Jamás vi a mi padre torturar a nadie, pero
al regresar por mí a su oficina lo notaba exhausto. Eran los años
de la Liga Comunista 23 de de Septiembre, los años que después
se conocerían como la guerra sucia. Un día que mi padre tardó
más tiempo que otras veces en volver y después de varias interrupciones de luz, salí de mi escondite a buscarlo y me encontré con
un muerto. Estaba sentado, amarrado de pies y manos a una silla
metálica. Estaba desnudo y empapado, tenía la carne viva y el sexo
totalmente quemado. A pesar de ser un cuarto vacío y sin ventanas había ruidos encerrados entre esas cuatro paredes, olor a sangre y a carne quemada. Al acercarme a él, se me vino el vómito
hasta la garganta, una torta de jamón y un Boing que acababa de
comerme, sentado en el escritorio de mi padre. Mamá metía en
mi lonchera una torta para mí y otra para mi papá, como siempre
volvíamos de madrugada, no quería que pasáramos muchas horas
con el estómago vacío. Al recordar sus gritos, imaginé las torturas que ese guerrillero había soportado. No aguanté más y vomité
sobre su vientre abultado y velludo. Cuándo iba a suponer que esos
mismos matones, los hombres de mi padre, algún día también me
tendrían desnudo y atado a una silla metálica. Creo que me impre-
sionó más vomitarme encima del muerto, que el muerto mismo,
como si hubiera dañado la obra de arte en un museo. Estaba seguro
que mi padre se molestaría más por eso que por haberme salido de
su oficina. Me limpié la cara y al salir llegó él, cerró la puerta con
llave y se me quedó viendo. Ahora no sé si era una mirada de satisfacción o de coraje. A mi padre nunca le podías adivinar su estado

de ánimo. Me ordenó que tocara al muerto al notar que me había orinado. Tócalo, me dijo, ese no es como tus soldaditos de plomo. Sin querer, pisé mi reflejo en un charco de sangre. Tenía los ojos abiertos, el muerto me miraba. Sentí que se me aflojaron las piernas cuando dijo que él lo había matado. Tenía unas ganas tremendas de llorar, pero me aguanté, sino imagínate, meado y llorando frente a mi padre. Duré muchos años soñando esos ojos. Preguntándome cuánta sangre tenemos en el cuerpo. Otra noche me llevó a conocer todo el lugar. Había largos túneles debajo de la casa. Me hacía caminarlos solo y en mitad del trayecto apagaba la luz. Me mataban de miedo sus órdenes en la oscuridad. Luego me acostumbré a mirar entre las sombras.

Para que no volviera a orinarme ante un muerto, lo acompañaba a la morgue a reconocer guerrilleros, en el camino me explicaba quiénes eran los malos y cómo acabar con ellos. Al llegar me mandaba ir delante de él y de sus hombres para que yo los viera primero. A mi padre le gustaba tocarlos, poner su mano en el pecho de los muertos y, en ausencia de sus latidos, sentir su propio pulso. A algunos los fotografiaban para su expediente, otros estaban en tan avanzado estado de descomposición que ya no era necesario. Vi cientos de hombres y mujeres torturados, mutilados, baleados a quemarropa. Pero ninguno me ha impresionado tanto como el primero, a veces aún me despierta su mirada oculta en mi alma.

Antonio me explicó que los hombres que mueren por ahorcamiento viven un intenso y último orgasmo. La sangre que debería ir a la cabeza se les corre al sexo, provocando una tremenda erección. También decía que los cadáveres de las mujeres flotan más que los de los hombres, por el reparto de la grasa corporal. Que la mejor manera para desaparecer a alguien es aventándolo al mar en estado inconsciente, al seguir respirando se le llenan los pulmones de agua y se hunden. Por eso los muertos flotan, por el último suspiro que les queda en el pecho. Sabía dónde tocar para causar dolor. También un dedo es suficiente para dar placer hasta morir, me enseñó. Antonio hablaba con los ojos cerrados, quizá para que yo no descubriera que sufría, como si quisiera dejar esos recuerdos en el pasado de otro.

27

LOS ENTREGUITOS SON AMANTES que vienen, te vienes y se van. Amigos que sólo sirven para dar placer. Con los que tienes sexo porque no sirven para más. A Inocencio lo conocí en las playas de Chacala, adonde fui con Jorge al regresar de Cuba. Es pescador. Un hombre curtido por el sol. Su cuerpo tiene sabor a arena y sal. Es nieto de un *maraakame*, sacerdote huichol, líder espiritual de su comunidad. Aunque trató de enseñarme a hacer cuadros con estambre o forrar figuras de animales con chaquira, a descamar pescados o arrancarles la piel a las víboras, no aprendí nada. Así como él fue dejando la artesanía porque lo suyo era el mar, le dije que yo usaba las manos sólo para rascarme. Cada vez que puedo me escapo para encontrarme con él. Creo que es con quien he tenido la relación más larga, aunque a veces pasan seis meses sin vernos, cada cierto tiempo me habla desde el único teléfono público de su pueblo. Inocencio no conoce la ciudad, nunca ha salido de Chacala. Me dice que vendrá por mí en un barco de vela, que me pondrá casa en la playa, será la más blanca y grande que se haya visto. Inocencio es mi Adán y Chacala nuestro paraíso. La última vez que estuve con él, fue en año nuevo. Usó su traje típico para una ceremonia familiar. Es la única vez que lo he visto con su *huerruri*, pantalón de manta bordado, haciendo juego con su camisa o *kamirra* y su *juayame*, la faja gruesa de lana que hace las veces de cinturón. Ponte el sombrero, le dije. Se llama *rupurero*, me corrigió y se lo puso antes de salir. Nos escapamos al día siguiente a una isla bonita que está a media hora en lancha. Nos asoleamos desnudos y nadamos entre peces de colores. Desnudo y contra el sol, Inocencio es el hombre más hermoso del océano. Luciendo sólo sus dos amuletos que no se quitaba ni para dormir, ni para bañarse, ni para coger conmigo: un colmillo de tiburón colgado al cuello, más blanco aún por el contraste con su piel, y un cuchillo con mango de obsidiana, que también le caía sobre el pecho. Pescaba dentro del agua, siempre al amanecer. Con este cuchillo le saqué el diente al tiburón antes de matarlo, en una lucha cuerpo a cuerpo en las profundidades del mar. Es un cuchillo mágico que me regaló mi abuelo, me contó un día que lo acompañé a la selva a cazar lagartos. Al día siguiente lo veía de nuevo perderse entre las olas y salir al cabo de un rato con un gran pez en la mano, aún zangoloteándose. Al atardecer buscaba una perla en lo profundo de las aguas, una perla que pudiera igualarse al brillo de mis ojos, me decía antes de tenderse sobre mi cuerpo.

Hoy quisiera tener la fuerza para huir a Chacala, salvarme de esta gran ola que me arrastra. Cuando fui a Veracruz con Antonio, por enésima vez, le pregunté si me quería. Odiaba que no me contestara, como otras veces, agarró mi mano y la metió dentro de su pantalón. Quería escucharlo. Qué tal si me muriera al día siguiente o en los próximos cinco minutos. Quería llevarme a la tumba sus palabras. Desde niña le temo a la muerte. Sueño con ella. La noche anterior a mi primer estreno en el cuerpo de baile, dejé listo mi vestido y mis zapatillas. Antes de apagar la luz, mi madre entró a decirme que mi papá iría a verme, pero que rezara para dormir tranquila, porque si le había mentido sobre los treinta pesos que no encontraba, tendría pesadillas o quizá papá no llegaría, como realmente sucedió. En noches como ésa dormía tan tensa que empuñaba las manos y se me clavaban las uñas hasta sangrarme. En la mañana mi madre me curaba con acetona. De seguir así vas a tener que dormir con guantes, me amenazaba.

La culpa te hizo hipocondríaca, se burlaba Antonio. Nunca he inventado mis enfermedades. Un día sí estuve a punto de morir, corriendo de un lado a otro en el Sanborns donde trabajaba mi madre, me estrellé contra un cristal enorme y una punta se me incrustó en el pecho, a un centímetro del corazón. Ahora tengo una cicatriz en forma de media luna debajo de la teta. Por ese accidente corrieron a mi madre del trabajo, luego de descontarle el costo de la vidriera. Antonio adora mi cicatriz. Desde las primeras noches que dormimos juntos se me quitaron las pesadillas, pero no la tensión de la mandíbula. Cómo fingir los cólicos durante mi periodo. Mis ataques de colitis, esos sí que los siento y me ponen de pésimo humor, o el herpes genital que pesqué con Inocencio. Jamás usamos condón. Cuánto alejan esas micras de látex. Así como a mí me gusta andar descalza, Inocencio decía que coger con condón es como meterse al mar con zapatos. Tampoco me invento el dolor de las rodillas ni el entumecimiento de mis piernas por la hernia de disco de una mala cargada. Sólo de imaginarme que un día ya no pueda caminar, me llena de miedo. No es mentira que tengo un riñón más pequeño, Geraldine asegura que el riñón representa la figura paterna. Mis constantes problemas de sinusitis, otra vez la nariz, otra vez mi padre. También tengo el estómago más largo de lo normal. Por eso mis problemas gástricos, mi estreñimiento crónico. Además de que mi madre me acostumbró a cagar sólo en mi casa. Antonio aseguraba que las mujeres somos estreñidas por aprensivas y tercas, decía que por estar tensas y preocupadas no soltamos el cuerpo, no dejamos ir aquello que ya no necesitamos.

Cargamos con muebles y vajillas de quién sabe cuántas generaciones atrás. Que la naturaleza de la mujer es atrapar como la araña en su red. Yo lo escuchaba atenta en la cama, abría las piernas y le decía: déjame devorarte.

Una tarde que me acompañó al acupunturista, aprovechó para quejarse de sus migrañas, de sus reflujos al terminar de comer y hacer el amor. El médico era un hombre paternal, austero, como su consultorio. Parecía que su diploma de la UNAM, enmarcado en plata y con una fotografía ovalada con más kilos y menos años, fuera el único recuerdo de su pasado alópata. Ah, y un calendario de 1987. Nunca me he atrevido a preguntarle porque lo conserva, aunque Antonio me dijo que quizá es el año en que se le murió su primer paciente. El viejo ya tenía la edad suficiente para cuidar nietos, sin embargo, no tenía fotos ni de hijos ni de esposa. Nunca me he atrevido a preguntarle si es casado. Nos pidió desnudarnos hasta quedar en ropa interior y que nos acostáramos cada uno en una camilla. Mientras preparaba las agujas y las ventosas nos explicó sobre el secuestro de sangre que tenemos en el estómago con el proceso digestivo. Nos aseguró que para los hombres es peligrosísimo tener una erección en ese momento. Si seguíamos haciendo el amor con la barriga llena, Antonio podría sufrir un infarto o una embolia. Aunque parecía lógica su explicación, no dejamos de tentar a los aneurismas y seguíamos cogiendo antes y después de cenar.

28

ESTOY TAN FEA. Cuando adelgazo me crece la nariz. Me vuelve la inseguridad de sentirme abandonada. De no ser nadie. Cómo no iba a ser así, había una pared de su casa cubierta con mapas de África. Odiaba descubrirlo con la mirada perdida en esa pared. Hubiera preferido que a Antonio le gustara el futbol, como a cualquier hombre. Pero no, adoraba el box y jugaba ajedrez. La geometría del tablero lo inspiraba. A fin de cuentas también es una guerra donde matas a un rey y conquistas a una reina. En el ajedrez, como en la vida, no puedes dejar nada a la casualidad, decía mientras me explicaba tácticas de movimientos. Es un arte de concentración, de poder. También un juego solitario, añadí. Odio el ajedrez. Odio su aversión a las armas. Antonio aseguraba tener suficiente con el cañón de sus cámaras. Ahora las digitales tienen tantos disparos como cualquier pistola automática. Odio que su mundo gire alrededor de sus cámaras. Nada le ponía tan dulce la mirada como ver sus fotografías. No tenía una cámara fetiche. Cambiaba de favorita con la llegada de una nueva. ¿También sería así con las mujeres? Quizá fue a su primera Leica la que más odié. Se pasaba horas desarmándola, pieza por pieza. Cuánto quería que me cuidara como a ella. Que tardara amándome, el mismo tiempo que le dedicaba para armarla. A veces lo lograba. Tenía una técnica para cambiar de posición sin salirse y esas vueltas de tornillo me descubrían muchos *puntos*. ¿Cómo hacía para aguantar tanto? me preguntaba, hasta que me confesó que pensaba en sus cámaras. Volvía a desarmar mentalmente su Leica. Las mujeres hacemos un esfuerzo de concentración para alcanzar el orgasmo, tenemos que poner nuestros cinco sentidos en ese instante y una distracción, un milímetro es la diferencia entre no sentir nada o llegar al cielo. Él se perdía con su Leica. Yo quería que pensara en mí, que nuestras almas se fundieran en una sola y la suya no anduviera entre el obturador y el diafragma. Nunca debió decírmelo. Después ya no me concentraba en mi orgasmo sino en su maldita costumbre de engañarme con sus cámaras.

Mi abuela decía que los fotógrafos tienen la capacidad de estar en los dos extremos del compás de espera. La prisa del instante los hace disparar sin pensar, o pueden permanecer quietos durante horas, aguardando un mejor filo de luz, un movimiento inesperado que los haga sobrevivir como el más diestro de los cazadores. ¿En cuál de los dos extremos está tu fotógrafo?, me preguntó. No le supe contestar. Antonio se movía con una desesperante paciencia de toro amaestrado. Parecía tener otro tipo de prisa que no era propia de su personalidad, que revelaba como una ansiedad al vacío, una tristeza que no alcanzaba a confesar pero que adivinaba en sus ojos y me daba cierto miedo. El miedo que se le tiene a la nada que está más allá de la oscuridad.

Odiaba que quisiera tomarme el pelo. Que no me confesara la verdad. Que tuviera en su casa cajones bajo llave y baúles Rubbermaid cerrados con candado. Muchas veces le pedí que los abriera o que me mostrara los mensajes de su *beeper*, como un pacto de confianza. ¿Cómo podía confiar en él, si no quería? Le molestaba que preguntara si él hubiera actuado igual que el protagonista de la película que acabábamos de ver, o qué hubiera hecho de encontrarse en la misma situación. Decía que siempre buscaba algo oculto en sus palabras, un mensaje que no existía. Que le daba muchas vueltas a las cosas y quería ver cada ángulo. Así soy. Me gusta que las cosas directas. Mi abuela me repetía que los hombres deben tener un jardín secreto. El amor es respetar los secretos del otro. Nunca supe exactamente cuántas mujeres pasaron por su cama antes que yo. Si también cogía con sus modelos. Si había cogido con algún hombre. Porque Mario dice que los hombres cuando están borrachos jalan, o por lo menos se la dejan mamar. Mario, que tiene un colmillo que deja rastro, repetía que su ojo nunca fallaba y que Antonio también era de ésos. Le gustaban mucho sus manos. Era un experto. Con ver las manos de un hombre sabía de qué tamaño tenía el pene, para qué lado se inclina, si estaba circuncidado. El muy atascado quería que mi novio le metiera el puño.

Hacíamos el amor con mayor intensidad cuando le contaba a Antonio que me excita entrar a baños públicos de hombres. Su olor me gusta. Me pone la carne de gallina saberme en un lugar prohibido. Encerrarme en el último gabinete. Leer las leperadas escritas en las paredes. «Busco hombre bien dotado. Soy sumiso a toda prueba. Úsame a tu antojo como tu esclavo sexual. Amo activo que me domine». Me calentaba ver dibujos de vergas descomunales. Esperar a que alguien entrara. Oír el golpeteo de las puertas de metal, como las rejas de las cárceles, el ruido de los cierres del pantalón, el tintinear de la hebilla del cinturón. Escuchar algún gemido de placer al soltar el cuerpo o la potencia del chorro en el agua, al orinar. Mi corazón se agitaba al darme cuenta de que había más de uno. Oírlos hablar de mujeres. O comprobar lo que me decía Mario: son el mejor lugar para tener un orgasmo rápido. En el mingitorio uno hace como que orina, esperando a que llegue quien se atreva a ver que la tienes erecta. Un intercambio de miradas es suficiente para que uno de los dos se agache a chuparla o te masturbe sin importar la presencia de otros. Desde que lo supe, le tomaba el tiempo a Antonio cuando iba al baño. Una vez en los baños de la Central de Abasto salí de mi gabinete buscándoles la mirada. Me hubiera encantado que me cogieran ahí. Eran tres, fuertes como bestias de carga, sudorosos. Tres hombres es el número exacto para una mujer: dos te penetran por cada lado mientras te llenas la boca con el tercero. Rehusaron mirarme. Con calma me lavé las manos y antes de salir se disculparon conmigo. De esos lugares es mi gusto por limpiarme con servilletas baratas o papeles rugosos. Su roce tosco me complace.

Antonio jamás aceptó haber hecho algo con algún hombre, yo no sabía si creerle o no al loco de Mario. Me llenaba de desconfianza. Tenía celos de la gente que Antonio miraba al pasar. La mesera que nos atendía en el restaurante o la vendedora del mercado. ¿Qué, te la presento? ¿Quieres mamarle las tetas? ¿Te la cogerías? Le reté un día al notar cómo miraba a una mesera. Antonio decía que su trabajo lo hacía observar tanto a las personas. Para descubrirlos con la cámara que tenía en los ojos. Pero lo traicionaba un brillo de deseo en la mirada, y como a mí nadie me ve la cara de pendeja, al llegar a su casa revisaba su buró, contaba los condones, los marcaba. Prendía el televisor para ver el último canal que había visto en el *zapping* de la noche anterior. Si podía escuchaba sus mensajes. Levantaba el teléfono y presionaba *redial*.

29

MI PADRE MAÑANA SERÁ ENTERRADO. Cuánto anhelaba tener un papá que me defendiera de mis compañeros del colegio. Se burlaban de mi nariz. Yo les decía que a mí me había engendrado el diablo. Cuando llegamos a vivir a Villa Olímpica, mi abuela me dijo que anhelaba verme bailar *El lago de los cisnes*. La semana siguiente instalamos el altar de muertos. La acompañé al mercado a comprar flores de cempasúchil, los dulces y las frutas que le gustaban a cada difunto. Las calaveras de azúcar y chocolate con nuestros nombres. Al centro pusimos una foto de mi abuelo cuando estaba joven, usando traje y corbata, de brazos cruzados y recargado en un auto estilo Capone. De esa edad lo conocí, me contó mi abuela. ¿Verdad que era guapo? Más abajo pusimos la foto en sepia de sus padres, eran como dos bustos flotando en la noche. A un lado las fotos de sus hermanas que habían muerto antes de la adolescencia. En casa de mi abuela volvimos a festejar el cumpleaños de mi madre y el mío, a celebrar la Navidad. Cuando vivíamos solas, algunos años que pusimos arbolito, se quedaba en la sala hasta mayo o junio del año siguiente, ya con la mitad de ramas y esferas rotas. Mi abuela disfrutaba poner el nacimiento, llenar la casa de luces, moños dorados y rojos. Nuestra casa era la más iluminada de Villa Olímpica. Había días en que llegué a odiar tu loción, Antonio. Era demasiado seca. Te insistía para que usaras la que yo quería. Tuviste hasta tres frascos de Santos de Cartier esperando en un cajón, como si contuvieran tu esencia. Sólo una semana me complaciste. No puedo más, he dejado de ser yo, fue tu reclamo y la loción que te había regalado acabó en la basura. Para los hombres es una condición primitiva delimitar territorio, hacer generación. Defendemos nuestro nombre, luchamos para que nos sobreviva. Es lo único que tenemos nuestro, bueno o malo, es una herencia. Hay mujeres que pueden llegar a cualquier extremo por firmar con un apellido ilustre, te defendías. Para mí esas cosas no tienen importancia. Lo único ilustre que he tenido es el nombre de mi abuela. Aunque a veces hacía la combinación de mi nombre y tu apellido. De niña yo quería diferenciarme de mi madre, ser como mis compañeros del colegio, tener mi propio apellido, tener papá, hermanos y primos, una casa que oliera a sopa, no a cigarro y alcohol. Ahora creo que tenías razón y que el hombre debe ser de un sólo aroma. Cómo extraño tu olor. Cambiaba según la hora del día, o si tenías miedo o frío, si estabas preocupado o excitado. A veces rocío un poco de tu perfume en la cama antes de acostarme.

Tienes el tiempo en tus manos, en tu entrepierna, en el azul profundo de tus venas, en el bullicio incesante de tu sangre que me nombra. Sigo desnuda, a la espera de tus silencios cuando me miras. Mi deseo se ha vuelto indomable. Lo calmo a gritos para que no se lastime, para que no se azote contra mi pecho buscando una salida, para que no se acumule en mi vientre, para que no muera con la luz del día. Ojalá que éste no sea otro autosabotaje, como dice Geraldine, para seguir justificando que sigo sola porque los hombres huyen del compromiso, son infieles, cobardes, hijos de puta. Si pudieran, renovarían cada año el auto, los aparatos de la casa. Incluso a la mujer la cambiarían como si fuera un objeto más de su propiedad. Me encantaba que odiaras el juego de seducción, como yo alguna vez llamé a la regla de intercambiar sexo por dinero. La frase de muchas mujeres: si quiere azul celeste, que le cueste. Por lo menos ése no fue mi caso, desde la primera noche me acosté contigo y he sabido entregarme, compartir y disfrutar sin esperar nada a cambio. Nunca he aceptado grandes regalos. No acepto lo que no puedo dar. Tu respuesta fue contundente: También me canso de ser hombre, de tener que decidir, de no poder aplazar la responsabilidad. Desde que naces, la sociedad tiene un proyecto de vida para ti. Debes triunfar. Ser como los demás o arriesgarte a que te cuestionen. Casarte. Procrear. Debes construir palacios, hacer guerras y ganarlas, escribir sinfonías o pintar giocondas para tener el amor de una mujer, su admiración o su mirada. Ustedes sólo ponen el cuerpo y a veces ni siquiera, retabas. A pesar de que la mujer ha sido la musa, una conquista, la más preciada de las posesiones, a fin de cuentas es un objeto que no tiene decisión sobre sí misma, te contesté. La mujer puede dejar al marido, a los padres, renunciar al trabajo, cambiar de país, pero a los hijos no puede abandonarlos, es inhumano, antinatural. La sociedad lo repudia. Con ustedes debería ser igual. Los hombres sí pueden abandonar a la mujer y a los hijos, pagar un aborto, justificar lo que sea. Mientras nosotras vivimos angustiadas, con prisa, en una permanente lucha contra el tiempo, el reloj biológico, por ganar un espacio y un nombre en el mundo, defendiéndonos. Ustedes son infieles por naturaleza. Hasta dónde es bueno tener un hombre que te proteja, que te arrope en las noches, que haga el trabajo pesado, que sea un buen proveedor. Un hombre a tu lado para cuando decidas coger. Que sea tu espejo y lo puedas ignorar, o le hagas sentir tu deseo y lo tengas esperando. Una siempre decide.

Dime si no te querré, sólo con pronunciar tu nombre se me humedece el recuerdo que tengo de tus manos en mi cuerpo. Te amaba en secreto, tanto que ni yo me atrevía a revelármelo. Entonces me odiaba por no saber qué hacer con lo que sentía, por no poder tenerte ni entregarme y al mismo tiempo necesitar de ti. Terminaba odiándote con la misma intensidad con la que te amaba. El amor es una gran mentira, un invento que nos hacemos del otro para poder llevar una vida juntos sin llegar a matarnos, cuando mucho faltarnos al respeto por enormes pequeñeces, me gritaste la primera vez que nos separamos. La pelea comenzó cuando me dijiste que irías algunos días a Miami. Según tú, así me dejabas tranquila para que terminara la traducción que tenía atrasada. Me enojé con justificada razón, no me habías dicho nada. Con qué derecho decidías cómo y cuándo debía trabajar. Pero lo que más me enojó fue el tono de tu voz, de aviso, sin oportunidad a la réplica, un tono de soy un hombre independiente, y agradéceme que tenga la gentileza de avisarte que me voy. Tú decidiste por los dos. Además, estaba segura de que irías con alguna golfa o con la editora que te daba tanto trabajo en su revista. La odiaba. Voy a trabajar, dijiste. ¿Para trabajar llevas traje de baño y bronceador?, te reclamé mientras revisaba tu maleta. No sé si haremos locaciones. Pasado mañana viajas y ya estás haciendo la maleta sin saber si trabajarás en estudio, en la calle o en calzones en la puta playa. No me digas que no te han pasado tu itinerario, que no sabes a quién vas a fotografiar, si no nací ayer, no me quieras ver la cara de pendeja. Discutimos toda la tarde. Aproveché para reclamarte que no hubieras aceptado el trabajo de París que te había ofrecido *Vogue*. Soñaba con París. Pero alegaste que jamás volverías a Europa, que dejara ese tema en paz. Cómo que deje ese tema en paz. Cuándo hay que sacar ficha para poder hablar de París, de Italia o de tu pasado. No quiero discutir eso ahora, dijiste como otras veces. ¡Ah!, estamos discutiendo, pues entonces terminemos esta discusión, me volví alzando la voz. ¿Por qué no quieres regresar a Europa? ¿Desde cuándo temes a los tiburones del Atlántico? ¡Seguro tienes un hijo allá y no lo has querido reconocer!, te grité. ¡Cállate!, tú qué sabes. Lo sé porque lo siento, te he oído sollozando a medianoche y despertar casi en un grito. Además que tienes la edad y las historias suficientes para ya haber embarazado a más de una. Te pusiste furioso. Seguí enumerando tus inseguridades, mientras te aventaba un plato a la cabeza. ¡Cállate!, me gritaste de nuevo y cuando trataste de someterme te mordí el brazo. Esa noche no dormimos juntos. Al final no fuiste a Miami pero yo sí me fui a Chacala. Al volver había dos mensajes tuyos en la contestadora de mi casa. No te llamé. Como si hubieras presentido mi llegada, esa noche volviste a llamar y quedamos de vernos el fin de semana.

Desde que tocaste el timbre, quince minutos antes de la hora acordada, comprobé que yo llevaba las de ganar. Tu camisa era nueva y traías a una gatita en una caja. Te la habías encontrado perdida en la calle. Se llama Pascuala, negra como tu cabello, me dijiste. Yo nunca había tenido mascota, era tan pequeña y se veía tan indefensa que me dio ternura. Después sacaba las garras, mordisqueaba. Todos los días me descubría un nuevo rasguño en las manos y en los tobillos. Desde que llegó se sintió segura en mi casa, la reina del lugar. No le gustaba que cambiara los muebles de sitio. Si no estabas, ronroneaba y me miraba con ojos demandantes. Siempre fuiste su preferido. En algún momento llegué a odiarla porque sentía que le hacías más caso a ella, que la acariciabas más a ella que a mí. Entre los dos tuvimos que tomar la decisión de operarla, al pasar su segundo celo. Yo no quería hacerlo, Pascuala, yo no quería quitarte el mayor placer de la vida. Pero te ponías tan mal y maullabas tanto por no dejarte salir en las noches. Cuando cogía con Antonio te tirábamos de la cama una y otra vez. Llegué a pensar que imitabas mis gritos y que tus intromisiones eran reproches de lo que yo podía hacer y tú no. El colmo fue, Antonio, el día en que te descubrí masturbándola con un lápiz, según nos aconsejó el veterinario. Pobre Pascuala, durante meses tuve que aguantar que me ignoraras y anduvieras por los rincones con miradas esquivas. Corrías asustada a esconderte cuando Antonio y yo peleábamos. Sé que lo extrañas y me reclamas.

Siempre he imaginado mi vida como una película, pero en rojo, no en blanco y negro como te vistes, como tus fotografías. Si lo miras bien, el negro es el color de la sangre. El deseo es claroscuro, a media luz, a ojos cerrados, asegurabas. Los colores son sólo para la infancia. Odiabas los autos. Los embotellamientos. A mí las distancias largas me excitan. Cuando manejo, me subo la falda, me descubro los muslos y busco ponerme al lado de un micro, las miradas de los hombres, el ruido del embrague, el roce de mis piernas, el sol hacen que me moje, que una leve punzada me estalle en el vientre. Tenías una moto Harley, un clásico, presumías. Llegábamos a cualquier parte en cinco minutos. Me sentía tan libre alzando los brazos y sujetada a tu cintura era completamente feliz. Esa noche me pegué a tu espalda como nunca. Estaba desesperada por hacer el amor contigo, volver a sentirte como un trozo de mi cuerpo que hubiera extraviado. Cenamos en tu restaurante favorito, el Café La Gloria, en la Condesa. Nos recibió Ernesto Zeivy y te invitó a su estudio de desnudos frente al Parque España. Así que también pintas, te dije. En toda la noche no dejaron las meseras de rondar nuestra mesa. Odio que las meseras de La Gloria hagan fila para saludarte. Las conoces a todas por su nombre y seguramente también sabes sus medidas. Nos sentamos en una mesa del fondo. Escogiste la silla con respaldo a la pared. El lugar estaba lleno. La decoración cambia cada mes, según el pintor que exponga. Esa noche había óleos de Rigel Herrera. La mujer del teléfono que quedaba arriba de tu cabeza no me quitaba los ojos de encima. Miré el menú y aunque mi platillo favorito es la trucha mariposa, venía harta de tanto mar, así que pedí *confiture* de pato, que no me terminé. Antes, pediste al centro atún zendo y ensalada *caprese*. Para cenar, el filete *mignon* a la pimienta verde y una botella de agua. Como no quisiste tu Trapiche de siempre, yo me bebí dos *blanc cassis*. Estuve indiferente, distante. Hablamos poco y antes del *crème brûlée* por fin preguntaste cómo me había ido en Chacala, te contesté que me la había pasado metida en la cama de mi pescador, que había cogido con Inocencio hasta el hartazgo. Yo esperaba una reacción típica de macho. Que te violentaras. Por menos de eso, Jorge me hubiera dado una cachetada y habríamos terminado en la cama. DJ me habría apretado del cuello para hacerme callar, como muchas veces lo hizo. Pero tú no eras de esos. Tomaste dos exprés continuos, acompañado de anís, y por fin dijiste, mirándome a los ojos: te extrañé. Aunque hablaste con tu voz pausada de siempre, tu reacción me enfureció. Mencioné detalles, como si te comentara lo que había comprado en el centro comercial, hasta que tu mirada me confrontó. Ya en mi casa, antes de irnos a la cama te confesé que sólo dos veces había cogido con Inocencio. Te dije cuánto te había extrañado. Me abrazaste. Hicimos el amor en silencio.

30

DECÍAS QUE FREUD ERA UN PENDEJO. Nunca había conocido a ningún hombre que tuviera envidia del clítoris. Afirmabas, Antonio, que nada en el mundo tiene tanta sensibilidad ni tantas terminaciones nerviosas, por lo menos el doble de las que tienen los hombres en el pene. Mi sexo siempre está en contacto con mis calzones y el de las mujeres es oculto, misterioso, un gran atributo de la naturaleza. A primera vista no existe, no es grotesco y vivo como el nuestro. Mientras mi orgasmo dura seis segundos, los de ustedes, que está ligado al placer no a la reproducción, puede durar hasta medio minuto y pueden tener cinco o seis continuos, yo después del primero estoy fuera de combate. Contigo descubrí de nuevo mi cuerpo. Notaste la relación que hay, en forma y tamaño, entre los pezones y el clítoris. Es tan sabía la naturaleza, decías, las mujeres de tetas pequeñas son de pezón más eréctil y de clítoris más grande, y por el contrario, las mujeres de tetas grandes tienen el pezón menos eréctil y el clítoris más pequeño. Dime cómo es, te pregunté abriendo las piernas. Como un pequeño y tímido risco a punto de desprenderse. Enrojece al besarlo, se agiganta y humedece con mi aliento. Está al borde de una playa de colores violáceos, como el sol en las tardes de invierno. Tiene una suavidad hinchada que respira y palpita a su ritmo. Pruebo sales de otros colores, descubro redes trasparentes aprisionando peces luminosos que habitan en lo más hondo de un mar sin sosiego. Contigo no podía ocultar nada. Sabías cuando me venía porque de inmediato me salen ojeras. Tus ojos se visten de noche, decías y con tus dedos desnudabas mi clítoris, sentía el fino roce de tus dientes. Asegurabas que era igual el sabor de mi sexo al de mi boca, que en lo profundo había el mismo gusto que mi primer aliento del día. Te alimentabas de mí. Metías trozos de fruta y los buscabas con la lengua. Comías de mi bajo fondo.

Sólo había algo mejor que mi primer orgasmo, intenso y voluminoso, estallaba en mi bajo vientre, hinchaba al máximo mis labios y hacia infinitos mis pezones, era la sucesión intempestiva de pequeños arrebatos que seguías provocándome con movimientos acompasados y suaves, a ojos cerrados sentirte clavado en mi pelvis. Escuchar mi nombre y confundirlo con el de Carmen. Sentir que por instantes me faltaba la respiración. Ese ahogo me cegaba con luces de diferentes brillos, Antonio, me sentía morir. Me busco en los abismos de tu cuerpo. Quiero llegar al fondo. Tocar el instante donde se juntan tu noche y mi día. Sin tregua volver a empezar. Cuerpo sobre cuerpo. Dichosa. Poseída. Interminable. Revueltos en nuestros lunares. Con sábanas de piel he de cubrirte. Con una caricia larga, de pecho y espalda, de aliento y labios he de arroparte. No hay mejores labios que los que mi boca descubre. La que repite tu nombre una y otra vez, sin cansancio, murmurabas. ¡Hijo de puta, me muero! Pero no te detengas, te decía. Quería seguir viviendo sin respirar, cegada, sin oír ni siquiera mi propia voz ni tus gemidos. Huir de ti, aprisionándote en mis brazos, rodeándote con mis piernas. Defendía los pedazos de mi alma que me arrebatabas en cada suspiro, en cada grito de deseo de esa otra mujer que ibas descubriendo en cada golpe de martillo sobre la piedra de mi bajo vientre, hasta verte caer vencido sobre mi pecho.

31

No SE PUEDE VIVIR SIN COGER, te decía. Volvimos con más fuerza. Me propusiste que viviéramos juntos. Era una noche de verano, llovía. Tengo frío, quédate a dormir. Húmedo de ti me congelo rápidamente. Fuera de tus brazos hay un pequeño invierno, me susurraste. A ti te gustaba cumplir mis fantasías, aunque contigo comenzó a darme cierto pudor y ya no quería contarte detalles de mis fiestas con Serrano. Prefería que tú y yo hiciéramos las nuestras. Me excitaba ver cómo te masturbabas. Para todo eres diestro, excepto para eso. Tu mano izquierda es experta en apretar y soltar. Te tendías en la cama y muy despacio subías y bajabas la mano con una caricia envidiable que me despertaba un chispazo de celos. Te masturbabas con los ojos cerrados. Eso también me daba celos, a mí me besabas con los ojos abiertos. Cómo saber si era yo la mujer de tu fantasía.

Te excitaba la violencia con la que me masturbaba haciendo movimientos rápidos sobre mi clítoris. Ninguna masturbación es igual a la otra, varía la presión y el roce, la posición de las caderas, el estado de ánimo, el entorno o el ciclo menstrual, en esos días estoy más sensible. Lo que me excita hoy puede no volver a excitarme jamás. Los hombres son tan brutos, creen que con meter y sacar los dedos es suficiente. No saben escuchar el cuerpo de una mujer. Mi pezón izquierdo es más sensible que el derecho, por él debes empezar, te enseñé. Fue una búsqueda constante que me llevó a ser vegetariana sexual. A escoger las verduras adecuadas en el mercado, el tiempo exacto en el microondas. Mis favoritas son las zanahorias, pero también he probado con calabacitas. Lo más grande ha sido un pepino. Aunque hay berenjenas que me recuerdan a Kevin, un negro adolescente que conocí en La Habana. Hasta que Guinea, la chica que nos vendía el té en Caravanserai, en un arrebato de sinceridad me recomendó un patito amarillo con vientre de pilas AAA. Fue un exceso, me dejaba los labios hinchados, violáceos.

Me encantaba que me recibieras con una pasta de mariscos. Ándale, cocíname algo, sólo traigo un Gansito y una Coca-Cola en la panza, me quejaba. Eras un artesano del ajo. Cocinabas con pimienta de China, cebollas de Tailandia. En contadas ocasiones usabas una especia de Beirut que me hacía transpirar y me calentaba el sexo. Tenías sal gris del Atlántico, que no es igual a la del Pacífico, me enseñabas. Tu preferida era de la costa oeste de Inglaterra, la usabas revuelta con jengibre. Si la pimienta es la madre de las especias, entonces ¿el clavo es el padre?, pregunté esa noche mientras te ayudaba. Aunque nunca he sido muy buena para la cocina y no me gusta ser sirvienta ni de mí misma, aún así me pedías que hiciera algo, lo que fuera, con provenir de mis manos era suficiente para saborearlo. Las aceitunas verdes en salmuera me recuerdan el sabor escaldado de tus axilas, te dije mientras te miraba, cuchillo en mano, filetear un trozo de carne. Me mostraste cómo picar cilantro. La mayoría de la gente lo aplasta y pierde sabor. Para toda acción, por sencilla que fuera, tenías un método. Movías las manos con delicadeza de relojero. Te pedía que me enseñaras. La precisión del cuchillo era tan sensual, ver cómo le arrancabas la piel al pollo, cómo metías la mano en el cascajo del costillar para sacarle las tripas. Cómo lo agarrabas de cada lado y con un tirón lo partías a la mitad. El crac de los huesos me volvía loca. Jamás me había estorbado tanto la piel. Quería fundirte en mi cuerpo. Deja eso y cógeme, te imploraba.

Te encantaba verme desnuda lavando los platos de la cena. Podía sentir tu mirada recorrer mis pantorrillas, mis muslos, entretenerse en mi cadera. Descubrías entre mis nalgas un corazón. Me abrazabas por la espalda y al poner tu mano sobre mi abdomen sentía una conexión cósmica entre tu palma y mi ombligo. Tus dedos eran como cinco pequeños soles en la órbita de mi luna llena. Ignorando el ruido de los trastos buscabas el pulso de mi cuello. *Pénètre-moi à fond, mon amour, fais-moi tienne à jamais, tu es l'homme de ma vie, ma grande passion, fais-moi goûter un instant d'éternité.* Adorabas que te hablara en francés, eso te hacía sentir que estabas con otra mujer, sin dejar de ser yo.

Me propusiste que pasáramos la mayor prueba de amor. Estuvimos desnudos, encerrados en tu departamento, sin televisión, sin música, sin relojes. Desconectaste todo aparato. El plazo lo marcaría mi periodo, pero como nunca he sido muy regular, se prolongó a un mes. Con tu Leica documentaste cada movimiento. Dispare o no dispare, el instante muere, decías. Soy un fotógrafo de sombras. La distancia que me da la fotografía me hace amarte más. Te miro y te reinvento. Aun durmiendo me captaste. Eres como una escultura o un cadáver aún sonrojado. Las mujeres que están dormidas se muestran tal como son: cuerpos tendidos, no sonríen, no miran, no esconden ni aparentan. No tienen nombre. Están a merced del ojo que las descubre, del disparo que las congela, hago clic y te tengo. No dejabas de hablar, emocionado, hacías clic y decías: disfruto tu cuerpo, cada vuelta de tu piel, tus cabellos, el cuarto creciente de tus uñas. Más que tus ojos, tu mirada caliente como tus pezones, más viva que la sangre de tus labios. Una mujer desnuda es tierra fértil para la creación. Desnuda eres tu mejor autorretrato. Te escuchaba mientras con tu cámara me hacías parecer eterna. Al hacerme adoptar cierta posición, contabas mis costillas, mis músculos de la espalda, el rigor de mis vértebras, que eran como imágenes de la Muralla China. Hiciste dos ampliaciones: mi cara agigantada y en la otra estaba acostada, en la sencilla posición de quien espera la sombra de otro cuerpo.

Esos días fueron un sueño. Nos dedicamos a nosotros, a revolver nuestros olores. Tampoco podíamos bañarnos. Hicimos un pacto para no fumar, aunque a veces lo hacía a escondidas y luego me tallaba la lengua con algodón ahogado en alcohol. Comíamos si teníamos hambre, no cuando el reloj nos señalaba que ya era hora de cenar o de levantarnos. Me cocinaste langosta para saciar la gula de tus besos y de tu sexo. Me acariciabas tanto, siempre me estabas tocando. Para saber que existes, que no te has marchado. Sólo creo en lo que miro y toco, susurrabas. Las mujeres desde pequeñas aprenden el don de la caricia, de la sanación. Tocan, abrazan, peinan. Saben cómo dar consuelo porque recibieron la oportunidad del consuelo. No se les reprime el llanto como a los hombres. Esa frustración nos embrutece, nos hace torpes, me explicaste. A mí, mi madre me acariciaba a escondidas y algo le aprendí, agregaste sonriendo. Tampoco en esos días me quisiste contar cómo te hiciste la cicatriz de quemadura que tenías en la espalda o las pequeñas cicatrices que te flotaban cerca de la entrepierna. Fue hasta el día en que hurgué en tus baúles cuando supe el infierno que te rodeaba.

A la segunda semana de encierro el olor de mi sexo inundaba el lugar y competía con el de tus axilas. Huelen a cebolla avinagrada, te dije al confundir tu humor con el sabor de la comida. Aguzamos el olfato como perros de caza. Con las cortinas cerradas las horas parecían ser el mismo minuto. Pronto me desesperé, no aguantaba más, pensé que me volvería loca. Sí te quiero, pero no sé hasta cuándo pueda soportar, te reclamé. Así es el amor, una entrega constante, me enseñaste. Por eso estamos desnudos. Por eso no cerramos las puertas, para confrontarnos. Respondí llorando que seguía contigo hasta el fin. Me recompensaste con creces. Tienes que aprender a observar, pero no con los ojos. ¿Con los de mi alma?, te pregunté con ironía. No, me reñiste, con los ojos de tus manos y estos y estos y estos… Me besaste todo el cuerpo, descubriendo nuevas miradas. Me besaste aquí, y aquí y acá también, no dejaste un centímetro seco. Tu cuerpo de árbol dentro, tiene olor a ciruelo o a almendro. La vid de tus vellos me embriaga de aromas lentos, murmurabas y volvías a empezar, una y otra vez hasta que terminábamos perdidos en nuestras visiones.

Me gustaba verte sentado en el escusado. Te veías tan indefenso, casi infantil. Muchas veces yo misma te sostuve el pene para orinar. Ponías los brazos en jarras mientras yo lo sacudía, lo mimaba. Me enseñaste a mear de pie. Me fotografiaste como las modelos de Egon Shiele, *Desnudo con turbante verde, Desnudo acostada con piernas separadas, Desnudo de pie con paño verde*. Inventamos el juego de las estatuas. Subiste a una banca y adoptaste la posición de una escultura célebre. No debías moverte y yo podía hacer contigo lo que se me antojara. Cuántas veces hemos visto un cuerpo perfecto en mármol y hemos querido hacerle el amor. Cumple mi fantasía, me pediste. Estábamos en el estudio, rodeados por cientos de fotos del *David* de Miguel Ángel, y como si fueras una más de sus copias, te besé desde las uñas de los pies hasta la nuca, pasando por tus muslos, tu vientre, tus pezones. Te hice sexo oral con la rítmica precisión para no hacer que terminaras. Llegué a creer que de verdad estaba frente al *David* y me miraba a los ojos. Te toqué las nalgas, la espalda. En mí estaba cumplir el deseo de que al fin me poseyeras. Los dioses del Olimpo te concederían espíritu, liberándote de tu destino de fría piedra si yo te besaba los labios. *Mujer picada por una serpiente,* de Clésinger, se convirtió en mi favorita. Impuse mis reglas y te dije que con un soplo sobre mi muslo liberabas esa pierna para separarla y buscar. Yo practicaba pasos de ballet y congelaba un *ecarté derriére* o un *pas de burre*. Interpretar *El origen del mundo* de Coubert fue un manjar para ti.

Quiero mirarte toda, me propusiste en el cuarto oscuro. Apagaste la única luz roja del interior y como si me hubieras vendado los ojos, lo único que percibí fue el penetrante olor a líquidos para revelar. Me senté en tu regazo. Nos abrazamos sintiendo el vacío. Sería por la oscuridad, por el silencio que rompía tu respiración que, al cabo de mucho tiempo, ya no me reventaban los latidos en el pecho, sino en la vagina y te sentí más grande que nunca, sentí cómo llegabas al final de mis deseos, cerca de mi alma. Te abracé fuerte, con una intensidad de horas muertas, hasta que el calor nos fundió en una sola figura de cera. Tuve tu olor en mis pestañas y tus brazos no me hicieron sentir desnuda. Se nos entumecieron las piernas y las nalgas. Dejé de lubricar y mis labios se pegaron a tu sexo. Entonces te miré con tanta claridad, que pude distinguir el brillo de tus pupilas, el contorno de tu boca, la ilusión de tus deseos hechos de la misma materia que los míos. Tu aliento fue el bálsamo que me volvió la respiración. Tuve ganas de llorar y por primera vez no lo hice, no pude, seguí mirándote.

Al completarse el mes, tu barba de ermitaño enamorado te daba un aspecto salvaje. Nunca había visto tan crecido el vello de mis axilas. Ya no sabía dónde terminaba mi deseo y comenzaba el nuestro. Confundí mi cuerpo con el tuyo, como seguramente acompasamos el ritmo de nuestros corazones, hicimos lo mismo con el hambre y el sueño. Tanto me descubrí en tu piel que intercambiamos lunares, mimetizamos movimientos como si fueras mi sombra o yo tu reflejo. No quería volver al mundo. Tu casa se había convertido en mi espacio, mi refugio.

32

HEMOS CONSEGUIDO nuestro lugar en el infierno, me dijo Antonio al entrar por fin al metro. Éramos tantos en el andén que hasta el tercer intento pudimos lograrlo. Se puso atrás de mí y me empujó contra la multitud que sin consideración me daba codazos o me metía el pie para ganar un lugar. Esa tarde había llovido y el tufo a perro mojado y a sobaco nos golpeó en la cara. Era la hora pico, las seis y media. El vagón estaba rebasado por hombres, obreros de mirada cansada, oficinistas que aún de pie se quedaban dormidos, albañiles de cabello engominado y recién lavado pero con el olor de la jornada en el cuerpo. Antonio quedó pegado a mí, su pecho contra mi espalda, su cadera al nivel de mi cintura, sentí su sexo hecho un ovillo.

En noches anteriores habíamos intentado hacer el amor en los vagones que ya estaban casi vacíos. Pero había algo que no me prendía y él terminaba haciéndome fotos semidesnuda, bajo la mirada de algún viejo que se hacía el que no nos veía o de cualquier indigente hambriento que nos pedía algo para la cena. Los días que abordaba el metro yo sola, también a la hora pico, rehusaba subir a los vagones destinados a mujeres. Me dejaba arrastrar por la marea de gente. Me imaginaba a Antonio conmigo, pecho contra espalda, metiéndome la mano por el pantalón y sus dedos apenas tocando mis vellos del pubis. Entre apretujones la bajaba hasta descubrir mi cuerpo caliente, sudoroso. Sentía mi corazón latir aprisa, como si fuera el pulso de un cardiaco a punto de estallar.

Ese martes, siendo nuestra primera salida a la calle después de un mes de encierro, fuimos al Museo Nacional a medirnos con las esculturas que habíamos representado. Antonio dijo que Bellas Artes sería la culminación de nuestro deseo. Un día te harás eterna ante mis ojos en el escenario, bailando la Carmen que tanto adoro. En la esquina de Donceles y Allende vi a quienes pudieron haber sido los modelos de una de sus fotografías. Frente a la Cámara de Diputados había una fila de policías recargados sobre la pared, esperando turno para lustrarse las botas con el bolero. Comimos en la cantina La Ópera. Ahí me señaló el agujero de bala que Pancho Villa hizo en el techo, uno de tantos que hay en las paredes de todo México y que ahora se conservan como reliquias. Antes de las cinco de la tarde ya estábamos de nuevo en la calle, rumbo al Zócalo. Antonio odiaba a los concheros que a diario están danzando frente a catedral. No aplacan al dios de la lluvia o del fuego, al contrario, con su ruido violentan la naturaleza del silencio, me dijo. No quiso entretenerse más. Lloverá, me aseguró, vámonos por Tacuba y abordemos un taxi en Bellas Artes. Pero afuera de la estación Allende me entretuve con una multitud que bailaba *Carmen* al ritmo de cumbia. *Se me perdió tu cadenita Carmen...* coreaba la orquesta de ciegos que tocan todas las tardes en la cerrada de Motolinia. Esto no me lo pierdo por nada, le dije a Antonio y saqué a bailar a un tipo encopetado que nunca levantó la mirada del piso. Olía a grasa de zapatos y tenía negro el filo de las uñas. Yo a éste lo conozco, me dije mientras lo veía moverse a mí alrededor. Era el bolero que unas horas antes lustraba las botas de los policías. No perdía nota, mientras Antonio esperaba en la puerta de una juguería alejado de la gente que me rodeaba. Al comenzar a llover, me hizo una seña para que nos fuéramos. Quería parar un taxi, pero le pedí que cumpliéramos mi fantasía.

Esa tarde nuestros cuerpos se fundieron por la presión insoportable de tantos hombres. Abordamos el metro en Allende. Era un día 28, consagrado a san Judas Tadeo. Día en que sus devotos llevan al santo a bendecir a su templo. Con nosotros subieron varios muchachos, seguramente de Tepito, de brazos tatuados con imágenes de la Santa Muerte, lentes oscuros y collares de santería, abrazaban figuras de San Judas de medio metro, protegiéndolas con el cuerpo. Frente a mí quedó un viejo de unos sesenta años, con la cara curtida, trazada con hachazos de sol, tan cerca que si sacaba la lengua podía tocar la punta de su nariz. A un lado otro hombre tan gordo, que con su respiración seguramente opacaría mis gemidos. Enseguida una mujer que tenía cara de vendedora de seguros, quizá fue la única que descubrió mi placer, pude ver en sus ojos una mezcla de vergüenza y envidia. Antonio me abrazó por la cintura, de nuevo puso su mano sobre mi ombligo y antes de bajarla tuvimos varias interrupciones de luz, ocasionando que el metro frenara de golpe y nos remolineáramos todos. Hubo rechiflas, risas y gritos. Algún quejido, una disculpa que llegó desde atrás. Antonio se las ingenió y al primer intento me penetró subiéndome apenas la falda. Sus cinco soles me eclipsaron por completo al sentirlo moverse dentro de mí al ritmo desacelerado del convoy. Murmuró en mi oído palabras que se quedaban entre mi cabello. Cerré los ojos y aspiré hondamente, no quise saber más. Así nos fuimos por lo menos ocho estaciones. Al salir del metro, Antonio temblaba, estaba pálido y apenas podía respirar. Es un ataque de ansiedad. Eres un cagón, le dije entre risas. Después me enteraría porqué rehuía las multitudes, porqué ese miedo lo paralizaba. Me contestó que no se había venido y al llegar a casa nos dimos cuenta de que el cierre de su pantalón le había rasgado el pene.

33

FUMO PARA PENSAR. He tomado las decisiones más importantes de mi vida entre el humo de un Marlboro. Me he quedado como atontada viendo sus formas, como si fueran jirones de seda, suspiros de noches oscuras que al difuminarse se van quedando en el pasado, dejándome sentir nueva, liberada, poseedora del presente y con la fuerza para enfrentar el futuro. Puedo adivinar el futuro en el humo del cigarro, como quien lee los residuos del café, le decía a Antonio. Él soltaba una gran bocanada y yo le iba contando nuestro deseo infinito, le aseguraba que nuestro amor viviría más allá de nosotros. Te odio, tonto, le repetía. Antes de conocer a Antonio me gustaba fumar sola, así encontraba la comunicación conmigo. Desde que estoy con él me gustaba compartirlo, quitárselo de la boca y saborearlo aún con la humedad de sus labios en el filtro. Me gustaba la fuerza con la que lo apagaba, apretándolo con el dedo contra el cenicero como quien aplasta un mosquito. Criticaba a la gente que lo deja moribundo apenas con un hilito de humo como si fuera el alma de un cadáver que se escapa poco a poco. Tampoco le gustaba mucho que fumara, pero nunca me prohibió que lo hiciera. Nunca me prohibió nada. Lo mío no es un vicio, sino calidad de vida. Fumo por placer. Si tú supieras la combinación exquisita que me resulta por las mañana un cigarro y un café, le expliqué un día mientras me llenaba los pulmones de humo. Es como si me volviera el alma al cuerpo y me llenara otra vez de recuerdos.

34

UN DOMINGO DESPUÉS de lo del metro, volvimos a nuestra rutina. Me encantaba ir al supermercado con él, y como la tentación traiciona, subía al carrito pañales, comida para bebé. Pasábamos la tarde viendo departamentos en venta. Fantaseábamos con la decoración, el cuarto de los niños. Antonio se fijaba en la luz, yo en los espacios. Empezábamos el día desayunando en el restauran de siempre, frente al Parque México. Nos sentábamos en mesas distintas y jugábamos a ligarnos. Disfrutaba oírlo recrear las conversaciones de las personas de junto. También intercambiábamos los roles, un día él era la mujer y yo invitaba, decidía. Enseguida Antonio preguntaba cuál era el recuerdo más feliz de mi vida. La primera vez que chupé una verga, le dije y le recordé que por eso tenía un diente roto, de tanto chupar una pistola. Nunca supe el calibre, pero tenía un cañón tan grande que me llegaba hasta la garganta. ¡Qué obsesión con las pistolas!, te dije. A las dos hay que agarrarlas con fuerza para que disparen. A las dos hay que tenerles miedo. Hieren de igual manera. Si no las sabes usar, matan. Un mal disparo es como un embarazo no deseado, la muerte en vida.

Entonces lo retaba. Dime un deseo que tengas, pero que sea imposible. Haberle hecho el amor a Marilyn Monroe… no, ése no es imposible, con seguridad, si te hubiera conocido te la habrías tirado. Haberle hecho el amor a Marilyn Monroe... pero muerta. Puerco, le dije y le aventé una miga de pan. Mi deseo imposible es retratar la escena del crimen. El frasco de barbitúricos vacío. La huella de su boca en el vaso. Captar la luz que debe de haber tenido la habitación, porque dicen que dormía con una lucecita encendida por miedo a la oscuridad. La posición de su cuerpo sobre las sábanas. Fijar un cuadro en su reciente cicatriz de operación de vesícula, justo debajo de sus costillas, no tan linda como la tuya. Captar su mirada, fija, fría. Hacerle un *close-up* a sus labios aún calientes, seguro un poco torcidos por el dolor del envenenamiento. Y la más importante, una foto a color de los vellos del pubis. ¿Y si estuviera depilada?, dije ya un poco celosa. No creo, al presidente Kennedy le gustaban las mujeres sucias.

Antonio pasaba la mañana del domingo leyendo periódicos. Tenía una obsesión por leer los diarios de Italia. Si perdíamos la mañana en la cama, era seguro que pasaríamos toda la tarde buscando desesperadamente *La Repubblica* o el *Corriere della Sera*. Buscaba noticias de Nápoles. Compraba todos los de la ciudad y empezaba a leerlos por el obituario. Política internacional. Al llegar al editorial de *Reforma* decía: ¿a quién le pueden gustar los chistes de Catón? O, esté tipo sabe lo que dice, y señalaba la columna de Granados Chapa. A veces no sé si estoy totalmente de acuerdo con Sarmiento, pero por lo menos sostiene con cifras lo que escribe, murmuraba y cambiaba a *El Universal*, a Raymundo Riva Palacios, a quien calificaba como un ejemplo de ética periodística. Estudiaba los encuadres de las fotos, los créditos. A este lo conozco, me decía, con aquel trabajé en *Milenio*. Se fijaba en detalles insignificantes como las posturas corporales de López Obrador, míralo, son de tal desparpajo que denota prepotencia y poco respeto por el otro. Yo prefería la sección de espectáculos, los anuncios de casas y departamentos en venta. Leer los anuncios de servicios sexuales: «Sé cómo darte lo que mereces, Fanny. Tómame, disfrútame, bésame, como si fueras mi novio». «Exquisitas enfermeras dándote erótico masaje». Al volver a casa cogíamos con tanto deseo que, teniéndolo dentro escuchaba no sólo el correr de su sangre por mi cuerpo, el entramado de su barba. Estando encima de él, me sentía como si flotara en una burbuja de oxígeno y escuchaba los sonidos del parque, a los pájaros cantar entre los árboles, el choque de nubes como voluntades de volcán.

Pero siempre íbamos un poco más allá. Para día de muertos vimos el anuncio de Samantha en *El Universal*. Yo le pasé el número de teléfono, Antonio marcó y la chica llegó en menos de una hora. Era hermosa. Tenía ojos verdes y cabellos negros planchados que llegaban abajo de los hombros. Venía vestida de manera muy discreta, pero el olor de su perfume no me gustó. No era muy alta. De cualquier manera me parecieron grandes sus manos. Recitó su tarifa, tiempo y servicios. Preguntó con quién sería. Con los dos, dijimos al mismo tiempo. Entonces nos preguntó si conocíamos sus condiciones. Contesté que sí. Pidió el teléfono y llamó a alguien para decir que se quedaba.

No quiso tomar nada, dijo que en el trabajo no acostumbraba beber. Nos fuimos al cuarto de visitas, donde había un colchón tirado en el suelo. Antonio previamente había seleccionado la música, en el rack de discos había puesto Etta James, Nina Simone y una brasileña, Virginia Rodríguez. Empezaron ellos dos, mientras yo los miraba sentada en el suelo, escuchando la música de fondo. Aunque Antonio prometió que no la besaría, no cumplió. Así que no cumple sus promesas, pensé. Si hace esto frente a mí, ¿qué hará fuera de casa? ¿Cuántas pequeñas mentiras, cuántas falsas promesas se tienen que soportar dos que se aman? Comenzaron a quitarse la ropa poco a poco. Samantha tenía tetas más grandes que las mías, lo que me hizo sentir competencia. Al tocarlas comprobé que estaban operadas. Su piel era tersa y firme. Mientras me entretenía con ellas, Antonio le bajó los calzones y descubrimos que Samantha tenía pinga. Al ver nuestra cara de asombro, nos volvió a preguntar si sabíamos su condición. La verdad que yo no me fijé en el anuncio, contesté. Sólo faltaba que me cogiera a un travesti. Tuve que mamársela para que se le parara. No sé qué me parecía más excitante: si ver a Antonio en una escena típica de las fiestas de Serrano, o las enormes tetas del hombre que tenía adentro de la boca. Por fin logré levantársela y advirtió que teníamos que hacer algo rápido con ella o se le bajaría.

A partir de ese domingo pasábamos de largo los servicios sexuales del periódico. Samantha nos visitaba muy a menudo. Traía una marihuana buenísima: cola de venado, de la sierra de no sé dónde. Nos hacía reír tanto. Tenía la carcajada más espontanea y ruidosa que he escuchado. Desde que Mario la conoció, no le cayó bien. Aseguraba que era una trepadora, que terminaría por robarnos y de cierto modo así fue. Aunque al principio me daba mucha ternura, Samantha despertaba mi instinto de protección y más al descubrir que nunca se venía. Pensé que era una práctica de sexo tántrico igual a las de Eddy. Al preguntarle me respondió que primero estaba complacer a los hombres, que de niño escuchaba ese consejo entre sus hermanas. Hasta que la descubrí masturbándose en un rincón del baño.

No era un ser ni de aquí ni de allá, una especie de amiga íntima pero a la vez, no podía dejar de verla como hombre. Me despertaba morbo y deseo. Podía jugar con sus tetas mientras hacía el intento de penetrarme. Con ella, de cierto modo, cumplí una de mis obsesiones. Volví a sacar el cinturón con verga de plástico que usaba con Jorge, para cogérmela. Con Samantha hacíamos fiestas que incluían de todo, y a las dos de la mañana nos íbamos al Penélope, donde nos recibían a cuerpo de rey. El gerente era el nuevo novio de Mario, un chico hermoso con cara afeminada y labios envidiables que usaba hasta el desgaste. Mario y él se pasaban la noche por los rincones en un solo beso que parecía mortal. Yo bailaba sin parar. El alcohol y la coca eran gratis. Otras noches empezábamos en el Viena, seguíamos en La Navaja, recorríamos los tugurios que están alrededor de la Plaza Garibaldi y terminábamos en El Catorce. Eran lugares distintos a los que visitaba con Serrano, gente de poca talla social, pero muy digna. En el Viena me encantaba ver besarse a los hombres más duros de la ciudad. El carnicero con el mecánico, la loquita peluquera haciéndose la desamparada o celando, con mirada asesina, a su chofer de micro.

En la Navaja se bailaba la mejor salsa del mundo. Era el lugar ideal para los travestis. Ahí fue donde Samantha empezó a trabajar, imitando a Rocío Durcal. Me contó que a los veinte años llegó de Guadalajara huyendo de un padrote a quien le había sacado un ojo en defensa propia. ¡Pendeja, lo mataste, lo mataste!, me gritó una amiga al ver que el tipo no se levantaba del suelo. Entonces corrí y corrí sin mirar atrás. Esa noche estaba estrenando unos zapatos Christian Dior, y a la segunda calle se les cayó el tacón, pero ni lo sentí del pinche miedo que me correteaba. A mí no me importaba el tipo, era un patán, sino la Úrsula, mi mejor amiga y movida de ese cabrón. Se me murió la Úrsula, amiga, me contó llorando. Ella y yo nos inyectábamos las tetas con aceite de cocina. Esa noche me pidió que le retocara la izquierda, pero se me pasó la mano y se empezó a choquear con unos ataques tan feos que el espinazo se le hacía como arco. En eso llegó su cabrón y en lugar de auxiliarla, se me echó encima. Yo sólo me defendí. Te juro que fue en defensa propia. A Antonio le dio otra versión, le dijo que se había venido al D.F. huyendo de su padre, no tanto por estar cansado de que lo violara desde que tenía siete años de edad, sino porque al viejo no le gustaba que se vistiera de mujer. Él no permitía esas puterías en su casa. Pero a Samantha le gustaba provocarlo. Un día que estrenaba peluca, su papá llegó tan borracho que le puso una golpiza tremenda, lo sacó a patadas hasta la calle y le gritó al vecindario que ése ya no era su hijo. Dice Antonio que le preguntó por qué no se defendió. Ay no, cómo crees, Dios me libre de levantarle la mano a mi padre, se me seca.

El Catorce es un antro donde se junta cualquier cantidad de bichos raros, una fauna digna de zoológico. Si Antonio estaba de viaje o tenía mucho trabajo y no podía acompañarnos, íbamos Samantha y yo. Ahí, una noche me encontré a Carlos Monsiváis, estaba en mesa de pista con Roberto Cobo, y cuatro o cinco personas más. Le dije que adoraba a la Manuela, su personaje en la película *El lugar sin límites*. También estaba con ellos Rodolfo Naró, un poeta que toda la noche trató de ligarme. Esa es la que te conviene, le señalé a Samantha, que no dejaba de hacerse la chistosa con Monsiváis. Poco antes del amanecer, pasando el segundo show de sexo en vivo, Sam y yo regresamos al estudio y nos metimos a la cama con Antonio. Me volvió el recuerdo de Náyade y Lázaro. El triángulo amoroso que hicimos.

Samantha cocinaba delicioso, pozole, enchiladas, carne en su jugo. Son recetas de mi mamá, me decía. En pocas semanas se acopló a nuestro ritmo. No me extrañaba llegar a casa y encontrármela trabajando con Antonio, manipulando negativos. Al final del día veíamos una película en la cama, o nos emborrachábamos, también en la cama. Platicando de mujer a mujer le decía, como Serrano a mí, que Antonio y yo le pagaríamos su nueva vida, si se animaba a operarse el pito. Contestaba que ésa era la mayor ilusión de su vida, que siempre se había sentido mujer atrapada en un cuerpo de hombre, pero que no lo hacía por no darles esa pena a sus padres. Mi papá se muere si se llega a enterar, entonces sí, jamás podría volver a Guadalajara, la escuchamos muy convencida. Intercambiábamos maquillajes, minifaldas. La ayudaba a depilarse y ella me desenredaba el cabello después de bañarme. Como su primer trabajo en el D.F. había sido en Diseños Sharon, una boutique en el centro de la ciudad. Se hizo experta en pegar lentejuelas a vestidos de xv años, aunque ella soñaba con hacerse su propio vestido de novia. Me mostró fotos luciendo sus creaciones y con ramo de orquídeas entre las manos. Son de plástico, me aclaró, pero a poco no parecen naturales. En otras, modelaba un vestido de quinceañera verde limón que acentuaba el rubio teñido de su cabello, peinado en un gran chongo, también adornado con flores, corona de princesa y lentejuelas. En casa, remendaba toda la ropa que encontraba rota, pegaba botones, cosía mis mantillas de flamenco. Me pedía que le enseñara a bailar, que le enseñara todo. Y algo aprendió, era muy lista la lagartona.

Antonio es el tipo de hombre con el que toda mujer sueña besarse bajo la lluvia. La muy cabrona me robó su atención. No podía disimular que le encantaba mi novio. Lo que al principio despertó mi curiosidad, después me provocó celos. Me latió que terminarían cogiendo sin mí. Se siente si hay o hubo intimidad entre dos personas que conoces. No hay sitio en el cuerpo donde puedan esconderlo. Mario no dejaba de calentarme la cabeza con que mi hombre ya había encontrado el auténtico placer. Odiaba que cocinara rico, que Antonio aplaudiera su buen sazón. Odiaba que sudara tanto, que cosiera mis vestidos y los luciera frente al espejo de mi estudio, los dejaba apestando a su sudor o peor aún, a su perfume. Odiaba que me cepillara el pelo, que se moviera por la casa como si fuera su casa. Odiaba que tuviera las tetas más grandes que las mías. En los primeros días de diciembre descubrí un estudio fotográfico que le hizo Antonio. ¡Así que tengo que consultarte con quién trabajo!, gritó. Cualquiera menos ésa, le grité más fuerte y volvimos a pelear como yo sabía. Le confesé con cuántos había cogido desde que lo conocía. ¡Déjame decirte lo que realmente cala hondo: que yo me coja al primero que encuentre, ese que me invitó una copa y ni siquiera me interesó su conversación ni su nombre. Siempre habrá una manera de hacerte saber que tu niña linda, la mujercita que tanto has cuidado, tu posesión, se coge a un cualquiera! Yo esperaba el primer golpe. Quería sentir su fuerza, que me prendiera la carne. ¡Pégame! ¡Pégame! le grité. ¡Cállate!, me gritó y me jaló del pelo. Un día me vas a obligar a que te dé unas cachetadas y te repita que te quiero tanto que no puedo vivir sin ti. Me soltó y salió como energúmeno a la calle. Peor fue mi frustración y mi ira. Fundí sus luces de 400 *watts*. Rompí las fotos que encontré, las de sus esculturas, las de sus modelos, las que tenía que presentar al día siguiente. Rompí la foto de Nápoles que estaba en el corcho, donde posaba con los tres amigos fotógrafos que había matado la Camorra. Por eso dejó Europa, por un ajuste de cuentas que saltó a la prensa como «La divina emboscada». Una matanza de varios mafiosos y dos periodistas en la Plaza de Dante Alighieri. No le quedó otra salida que huir o sería el siguiente. Además, en la foto estaba Marissa, su ex novia italiana que terminó acostándose con el editor del periódico en el que ambos trabajaban. La mujer que había querido como a ninguna, según me enteré hurgando entre sus papeles. «Nada ata más a la vida como el sexo. Sólo la muerte me puede librar de ti», escribió al reverso de la foto el muy hijo de puta. Por eso odiaba tanto a Marissa: por el amor que le tuvo y la traición que le jugó.

35

LEVABA TU CARIÑO COMO UN ESTANDARTE. Con tanta fuerza que mi amor debe de haber sido brutal, crudo, enorme, sin tiempo ni espacio. No sé ahora si queda algo para nosotros. Mucho tiempo confundí dormir con soñar, amor con placer. Tú decías que el amor es un sentimiento inmaduro, imposible de compartir. Como el niño que pide más atención y cariño, siempre quiere y necesita más. Me entregue a ti y dejé de ser egoísta, infantil. Quise hacerte mío. Meterte en mi cuerpo para saberme completa, satisfecha. Tenerte más allá de mi sangre, besarte tanto hasta dejar en tu aliento la eternidad de mi alma. Cómo olvidar siglos de nuestros deseos consumados en un día. En un segundo te conviertes en culpable, un disparo es suficiente para perderlo todo. Una luz roja puede acabar con las coincidencias. Un sí, un no, a veces son para siempre. He podido perderme, no estar aquí, cerrar las ventanas y la puerta de mi casa para no aguardarte. La esperanza es la peor alucinación. Ya es lunes, son las tres de la tarde. Tengo hambre y sueño. Siento frío. No es justo, no imagino el fuego sin el calor de la flama, fundirme en tu sonrisa y evaporarme en tus palabras. Te miraba como un corazón lleno de ternura. Contigo he sido sincera. Buena amante. Tierna. Me entregué sin saber a dónde llegaríamos.

Por ti reviví las ilusiones perdidas. Te cuidé tanto que ahora me pregunto si he sido yo. Si yo soy así, ¿en dónde había estado antes? O quizá me sentía protegida por mi próxima huida.

36

ENTRE MÁS ME CONOZCO, menos me considero mi amiga. Creo que he desperdiciado mi vida, me autodestruyo. Qué lástima que no fui la hija modelo que reclamaba mi madre. Por más que he querido casarme, tener hijos, una casa linda, esperar en las noches a que regrese mi marido del trabajo con ánimos de cogerme, escucharlo terminar en cinco minutos sin siquiera esforzarse para que me venga, no he podido tener esa abnegación que según mi madre es virtud de toda buena mujer.

Dejar a Antonio me hizo sentir vieja, frustrada. Viví una semana en mi coche, antes de irme a la casa de mi abuela, no me atreví a buscar a mi madre ni a Mario. Mi abuela me prestó para alquilar un departamentito, un cuarto de azotea en la colonia Roma Sur. Si hubiera sabido que la muerte me esperaba no habría salido de su casa. Si mi abuela me hubiera advertido que todo estaba por despeñarse. Antonio y yo habíamos estado juntos durante nueve meses y las cosas no podían quedarse así. Por las noches me preguntaba con quién dormía. No era difícil adivinar lo que había en su refrigerador o su alacena. A pesar de la distancia seguíamos conectados, sabía que pensaba en mí a la hora precisa en que yo lo recordaba. Aun así quería evitarlo. Fue como si nos hubiéramos dividido la

ciudad. Yo me tenía prohibido comer o cenar en La Gloria y estaba
segura de que él no iría al restaurante donde desayunábamos los
domingos, a menos de que quisiera encontrarme ahí. A cada rato
revisaba mi celular, que el teléfono de casa estuviera bien colgado
y la contestadora funcionando. Mi madre o Mario podía no llamar, pero que Antonio no lo hiciera me ponía mal. Odiaba pensar que no era vital para él. Su falta de compromiso, su indecisión
y su silencio son más violentos que cualquier cosa que yo pueda
decir o hacer. Enfurecida, le mandé por mensajería, en una bolsa
negra de basura, las cosas que me había regalado y una nota que
decía: Mañana empiezo mi terapia de nuevo. No quiero volver a
saber nada de ti. Buscaré, cuando esté lista, una pareja que sí quiera
arriesgarse conmigo. Te pido que me dejes ser feliz.

En la editorial de Jorge conocí a Juan Luis, un chico al que estaban por editarle su primer libro de poemas. Tenía un ímpetu irre-
sistible y yo necesitaba armar una nueva rutina. Fue amor a primera
vista. Pronto me volvió el impulso de mi vida de antes. Le pedí a
Jorge que me diera más trabajo para traducir. Me la pasaba en casa
pegada a los libros. Juan Luis venía a visitarme en las tardes. Cuando
me vio desnuda, se quedó paralizado. Me cogía con la fuerza inago-
table de sus diecinueve. Yo soy diez años mayor que tú, le confesé
una noche que lo vi tan indefenso adentro de mi cuerpo. ¿No tienes miedo? Él afirmó que me quería para toda la vida. Me escribía
poemas y los dejaba debajo de la almohada o pegados en el refrigerador. «Amo tus pies, / las huellas húmedas de tu planta esquiva, /
peces de luz que en la sombra anidan, / sostén de tu cuerpo, raíz del
árbol de la vida». Me sorprendía con cada detalle que me hacía sentir única. Le voy a hacer un poema a tu nombre, lo escuchaba en
medio de una tormenta de besos. Yo aspiraba de su aliento. Me das
vida, le dije, al tragar bocanadas. De cierto modo hacía con él como
Jorge conmigo: le tomaba la lección. Le enseñé a dilatar la eyacula-

ción. Al principio se venía al primer minuto y a pesar de que casi al instante estaba listo para embestir de nuevo, le dije que así no haría feliz a ninguna mujer. Practicamos mucho. Poco a poco y con reloj en mano, fui aumentando el tiempo hasta llegar al récord de siete minutos. Le mostré las partes del cuerpo y cómo usarlas. Si fallaba le imponía castigos sexuales que cumplía al pie de la letra. Adoraba mis pies. Soy fetichista de callos, decía mientras los besaba. Podía hacerme terminar sólo chupándomelos. Hubo noches que no me dejó dormir. Pasaba horas colgado de mis tetas.

Salíamos poco de casa, aunque a mí no me molestaba pagar la cuenta de los restoranes o del cine, pero él se apenaba mucho, decía que la próxima semana su papá le aumentaría la mensualidad y entonces me llevaría a cenar al lugar más caro de México. Cuando podía me invitaba un café o la entrada del cine. Hasta que un día le dije, yo pago las cuentas grandes y tú las chicas. Con él seguí viendo los programas de televisión que veía con Antonio: *Los Picapiedra, Don Gato*. Adoraba *Los Simpson*, a mí siempre me han parecido la cosa más estúpida del mundo. Volví a rentar las películas que habíamos visto juntos, *Paisaje en la niebla, Fargo* y mi favorita: *Relaciones peligrosas*. Juan Luis era un cursi, un sentimental, lloraba con las de Meg Ryan. Pronto comprobé que le faltaba cariño. Desde hacía seis años no veía a su madre. La señora se había vuelto budista y vivía en la India, experimentando una sanación espiritual que la ayudaría a tener una mejor reencarnación. Conmigo Juan Luis aprendió a tomar vino tinto y a fumar hierba. Las palabras de los amantes son humo, le dije jalando aire, y en un beso le pasé su primera calada. En cenas interminables, donde comíamos hasta el hartazgo, le hablaba de mis triunfos en el escenario. Mis puestas de *Carmen*. Él me hablaba de futbol y algo aprendí. Narraba los partidos con tanta delicadeza como si recitara poemas.

A Juan Luis le gustaba el juego y a pesar de que su padre era financiero, en más de una ocasión le presté el dinero de la renta de mi casa para pagar deudas. Jorge no lo podía creer. Yo, que no tenía dónde caerme muerta, le solventaba los vicios al hijo de un millonario. Juan Luis me reclamaba que perdía por mi culpa, por no acompañarlo. Eso sucede sólo en las películas, contesté. Pero no, aseguraba que la mujer del jugador es su mejor amuleto. El día que llegó a mi casa con el cabello decolorado fuimos al Sport Book de Naucalpan, donde Juan Luis era como la mascota. Ahí me presentó a don Irak, un viejo elegante que siempre usaba el mismo traje. En las otras ocasiones que volví, ahí estaba sentado en el mismo lugar, con una copa de vodka en la mano y el cigarro en la otra, como si los días no hubieran pasado. Juan Luis era su ahijado consentido, decía mientras me guiñaba un ojo. Para todo tenía fórmulas y consejos. Con voz aguardentosa aseguraba que el futbol era deporte de histéricos. Que por algo el béisbol era el rey de los deportes, por ser uno de los pocos donde el hombre anota, no la pelota. Platicaba anécdotas de sus años gloriosos, cuando en los sesenta sí se podía vivir del juego. Tenía sobornado al locutor de radio para que dilatara un minuto la narración de las carreras de caballos y dijera unas claves que sólo él entendía. Pero a Juan Luis no le gustaban ni los caballos ni los perros, sólo los deportes. Esa noche perdió los dos primeros juegos, hasta llegar al quinto comenzamos a ganar, tanto que me entusiasmé y fui al cajero automático por más dinero. Nos pasaron a un privado, nos dieron de comer y de beber lo que quisiéramos, nos atendieron a cuerpo de rey. Juan Luis hacía cálculos de las jugadas, era muy bueno con las matemáticas, aseguraba que los binomios nos harían millonarios. Al amanecer y después de no sé cuántas botellas, le pregunté cuánto habíamos ganado. Me llenó las manos de dólares.

Desde noviembre mi madre no dejaba de preguntarme dónde pasaría Navidad. Me chantajeaba para que fuera con ella en Villa Olímpica. Qué tal si ésta es la última vez que estamos juntas, tú, la abuela y yo. A pesar de que no me gusta la Navidad, tampoco quería estar sola. En menos de un mes comenzaba un nuevo milenio y Antonio no llamaba, no aparecía. Mario se lo había encontrado y le había dado mi nuevo número de teléfono, me lo confesó cuando me ayudaba a colgar unas sábanas viejas como cortinas. Le dije a mi madre que aceptaba si hacíamos la cena en casa de mi abuela, no en la suya. El 24 de diciembre comí con Juan Luis y abrimos nuestros regalos. Al brindar con sidra, las ganas de abrazar a Antonio me hicieron llorar. Juan Luis pensó que era por nosotros. A media tarde me fui a casa de mi abuela. No dormí allá, estaba segura de que Antonio llamaría.

A pesar de que nos hicimos el mismo tatuaje como un pacto, los celos de Juan Luis acabaron con todo. Cada vez llegaba más temprano a casa, o a cualquier hora sin previo aviso. Yo en realidad quería amor, protección, él sólo quería coger. Le molestaban las llamadas de Inocencio desde Chacala. Lo sacaba de mi cuarto para hablar tranquila. Inocencio estaba borracho y empezó a reclamarme el abandono en que lo tenía. Creí que ya te habías acostumbrado, le dije. Suelo ser así, un día estoy y al otro no. Odio sentirme cercada. Acá hay muchos alacranes, me contestó, levantas cualquier piedra y corren encandilados para todos lados. Necesito ir a Guadalajara a comprar un ejército de patos para que se los coman. Quiero verte, tu abandono me está volviendo loco, balbuceó. No sé si te necesito emocional o sexualmente, le aseguré al escuchar que se le rompía la respiración por el llanto. Al terminar la llamada tuve que soportar otro berrinche de Juan Luis. Al principio me divertían y a veces yo misma lo provocaba para que me cogiera enceguecido. Pero ese día no estaba de humor.

La gota que derramó el vaso fue mi viaje repentino a Chacala para año nuevo. Como tenía mucho frío hice como los patos: emigré. No quería recibir el año esperando la llamada de Antonio. Por primera vez no encontré en Chacala lo que buscaba. Discutí con Inocencio porque quería quedarse en su casa a ver la televisión. Recibir el año viendo cómo lanzaban cohetes en París, en Hong Kong, cómo cambiaban los números del reloj de la Torre Eiffel. Eso jamás lo podré volver a ver y la playa no se irá de su lugar, me dijo. Al final me complació pero peleamos todos los días por cualquier motivo. Jamás le ha gustado que le toque las nalgas, dice que eso no es de hombres, tampoco le gusta besarme después de mamársela. Le da asco, le parece lo más sucio del mundo: chuparnos por donde meamos, sólo los perros, me dijo. Vimos algunas de las celebraciones por televisión y al anochecer me salí con la mía y nos escapamos a una isla que está a media hora en lancha. Me pasé tres días pacheca dentro del mar, esperando que Inocencio me rescatara y cogiéramos en mitad de la puesta de sol o en la playa, al amparo de la fogata. Imaginaba que el fuego quería trepar hasta las estrellas y ahuyentar a los dragones que habitaban en las tinieblas del mar. Por primera vez sentí su sonido aterrador. El primer día del año 2000 lo recibimos sólo él y yo en nuestra isla bonita, con frío y sin coger. Enojados, cada uno arriba de una piedra.

Al volver a la ciudad de México me di cuenta de que el amor de Juan Luis era un espejismo. Acababa de conocer a Nicolás, un francés que cambiaría mi destino. No fue amor, sino pura seducción. Así que no tenía tiempo para tantos. Además ya le había dado a Juan Luis suficiente dinero e inspiración para que escribiera muchos libros de poesía. Le argumenté el doble de trabajo, que haría más viajes inesperados como ése. Me hice la indignada por el tono de sus reclamos y terminé reventando, diciéndole que el

tostado de mi piel era por el sol y la luna de Chacala. Que yo necesitaba a mi lado a un hombre que me protegiera, no un escuincle
llorón. Ya fue suficiente, le volví a decir, necesito mi espacio. Me
pidió perdón. En medio del llanto decía que no volvería a llorar.
Por fin soltó que debía mucho dinero y que lo tenían vigilado.
Que sin mí se moriría y amenazó con suicidarse poniéndose un
cuchillo en el cuello. Lo eché a patadas de mi casa. Eres un ridículo,
le grité antes de cerrar la puerta entre forcejeos. ¡Tú serás la causante de mi muerte y vivirás en mi obra póstuma!, gritó por la
ventana. Esa misma noche le di órdenes al portero para que no lo
dejara entrar. Regresó muchas veces. Yo me ocultaba apagando
las luces, no contestaba el teléfono, rompí sus cartas.

Estacionaba su choche frente a mi ventana. Me lo encontraba
en el Oxxo de la esquina. Se venía desde las Lomas hasta acá por
cigarros. Sólo falta que llore, pensé. Como si fuera presagio, una
noche me lo encontré llorando en la puerta de mi edificio. Te
juro que me están persiguiendo, me dijo. Lo invité a pasar para
quitarme el estrés y cogimos hasta el amanecer. A la mañana volvió sobre mis pezones, lo paré en seco y le repetí que seguíamos
igual. No quería hacerle daño, sabía que tenía que ponerle límites,
le volví a decir que sólo éramos amigos, pero él insistía en seguir
metiéndose a mi cama. Me gustaba descubrir cómo me miraba
caminar desnuda por el cuarto antes de ponerme el pijama. No
podía evitar una leve erección bajo el bóxer y en mitad del sueño,
insistía. Empezaba por mi espalda con un tacto tan suave que
apenas me erizaba la piel, poco a poco bajaba la mano y al llegar a la cadera la subía, y empezaba de nuevo. Hasta que por fin
se animaba a meterla entre mis piernas y era inevitable que me
mojara al sentir sus dedos. Había aprendido bien mis lecciones.
Así completamos el mes. Algunas veces me volteaba y cogíamos,
otras noches cerraba las piernas.

A finales de enero de nuevo llegó llorando, me contó que se había encontrado a su madre en el Bazar del Sábado de San Ángel. Al primer vistazo no la reconoció, estaba flaca, rapada y sin maquillaje. Vestía ropa de manta. Se acercó a preguntarle cuándo había regresado de la India, por qué no les había avisado. Trató de abrazarla pero su madre no quiso que se le acercara. El llanto no me dejaba entenderlo. Le grité que se calmara y entre ahogos me contó la doble traición. Su padre sí sabía que había vuelto, él había pagado el boleto de avión y los gastos de su nueva casa. Pero ella no quería ver a Juan Luis porque su gurú le recomendó que no lo buscara, le dijo que estaba en plena evolución espiritual para alcanzar, desde acá, el Más Allá y que su hijo la volvería a ligar otra vez al mundo terrenal, por ser carne de una anterior reencarnación. Lo abracé. Siguió llorando. Le dije que lo cuidaría, a pesar de que ya quería pedirle que se fuera. La semana siguiente lo sorprendí escuchando mis llamadas. Descubrí que me hacía falta dinero y mi medallita de bautizo. Le reclamé, le dije que estaba harta. Él confesó que me tenía totalmente vigilada. ¡Eres un monstruo peor que mi madre!, me gritó con los ojos llenos de rabia. ¡Tú eres un ladrón, malagradecido, hijo de la chingada, a ver si ya te vas haciendo hombre!, le grité antes de escuchar el portazo. Santo remedio. No volvió a aparecer.

Semanas después vi en las novedades de Gandhi su libro de poemas *Árbol de la vida*. Pensé en reclamarle a Jorge por no habérmelo mandado. Al abrirlo supuse por qué. En la primera página decía mi nombre con una dedicatoria sin tiempo. Me sentí muy orgullosa. Al hojearlo descubrí mi nombre en cada página. Entonces me sentí abrumada. En la noche lo busqué en su casa. Una mujer del servicio me dijo que había muerto. Después Jorge me dijo que se había suicidado.

37

No DEBÍA SENTIRME CULPABLE, aunque algo en mí lo gritaba. Mi madre es la que ha vivido con culpas. Cada quien vive como quiere y muere cuando le toca, me repetía una y otra vez. Lloré toda la noche. Tuve un miedo inmenso a la soledad. No podía dejar de recordar la mirada de Juan Luis, sus ojos llenos de amor. Volví a buscar el refugio de mi abuela y me fui unos días a su casa. ¿Qué mosca le picó a ésta?, replicó mi madre. Mi abuela me tiró las cartas y seguía apareciendo un hombre tauro que me cuidaba a la distancia.

Quise recuperar mi infancia. Volví a visitar la Escuela Nacional de Danza. Quería verme entrar de la mano de Conrado. Me sentaba en un banco del salón principal, como él lo hacía. Veía a las nenas de seis o siete años dar sus primeros pasos. Lo recuerdo mirándome entre hojeada y hojeada del periódico, en pleno ensayo. Cuánto me gustaba meterme a la cama de mi mamá, entre ella y Conrado. Tengo tan presente el olor a nicotina de su cabello. Me divertía que me arrastrara de los pies por la cama, que me diera vueltas en el aire. Me subía a su espalda y lo enganchaba con las piernas. Disfrutaba montada en su muslo cuando veíamos televisión. Aunque Conrado me hacía sentir importante, las miradas de mi madre me hacían sentir culpa. No me gustaba su silencio lleno de reproches. Lamentablemente es la madre quien construye el mundo de los hijos. Sentí ese mismo reproche y culpa por parte del señor que me cobró el libro de Juan Luis en la librería, y también en las miradas de la gente que me crucé en el camino. Ya no me sentía la musa de esos poemas, sino la causante de su muerte.

Estuve una semana en casa de mi abuela. A pesar de tener mi espacio y mí libertad, de estar rodeada de cariño, no pude quedarme más tiempo. Sus perros ladrando a cualquier hora, me molestaban. Pascuala estaba de peor humor que yo. Pensé que Antonio estaría llamando por teléfono. Agarré a Pascuala, le dejé una nota a mi abuela y volví a mi casa. No había recados de Antonio en la contestadora, pero sí cuatro o cinco de Mario que repetían lo mismo: El sábado te espero en mi casa, habrá fiesta, como en los viejos tiempos. Me sorprendió escuchar la voz de Ignacio Toscano, director de Bellas Artes, pidiéndome que fuera a verlo a su oficina.

¿Qué te ayudó a sobrevivir?, me preguntó Antonio una noche que devoramos, en la cama, una tarta de marihuana que habíamos horneado. La danza, contesté. De niña veía el mundo del ballet como de ensueño, un universo de sílfides y hadas. Pero también de Willis. Pronto supe que tenía que ser fuerte, es un mundo feroz, de competencia y traición. Amo los terciopelos, la seda y el satín. El maquillaje pesado y perfecto. Raúl me enseñó a usar color púrpura en los labios de Carmen, para que con la luz azul se vieran de color rojo encendido. Si usas rojo natural, tu público te verá los labios verdes, me aconsejaba. Extraño los reflectores, el seguidor de luz. Un cambio de luces en el escenario era suficiente para verme distinta, como si me cambiara de vestido, de peinado, de piel. Sentir cómo la música te inunda. Sentirme prisionera en una caja negra sin fin, siguiendo las marcas del piso como acotaciones de vida. Extraño el roce de otro cuerpo, su olor, la transpiración del esfuerzo al levantarme dos metros del suelo. Si pudiera volver a bailar.

Cuántas cosas tan distintas entre sí queremos ser en la vida, me dijo Antonio. Desde que te conozco he querido ser director de orquesta, para saber tocar tus cuerdas y alientos, tus oboes, el tambor de tu vientre. Empiernarte como a un chelo. Descubrir tus sinfonías. Pero lo que realmente le apasionaba eran los toros. Disfrutaba ir a la Plaza México. Revivía con el griterío, con el sol a plomo. La afición le venía por la familia de su madre. Su abuelo Carlos coleccionaba muletas y trajes de luces que hubiera cogido el toro. Los compraba rotos, ensangrentados y los tenía en exhibición en su casa, vistiendo maniquíes sin cabeza. Me gustaba que Antonio me enseñara a usar el capote. Erguía el cuerpo, echaba los hombros hacia atrás y el cuello para adelante. Se pegaba a mi espalda y a cuatro manos hacíamos una verónica. Sentía su erección como una espada entre mis nalgas y lo escuchaba decir: mira la sangre, la fuerza del toro, escucha cómo se mueve, cómo pasea sus ojos sobre tu cuerpo, midiéndote, oliendo el peligro, desafiándote con sus pitones. Una Temporada Grande lo acompañé a la Plaza México. Es el mejor escenario para el amor y la muerte, le dije mientras buscaba a Escamillo. Aunque Antonio ni caso me hacía por estar pegado a la Nikon que yo más odiaba.

A ti, ¿qué te ayudó a sobrevivir?, pregunté ese domingo en la noche. El equilibrio, contestó. Como en la danza, como en los toros, también en la fotografía de guerra el equilibrio es lo más importante: demasiado lejos no hay imagen, demasiado cerca, te matan. Un paso adelante muere el torero, un paso atrás muere el arte. La firmeza que debe tener el torero en el pulso para la estocada final, es la misma que debo tener para disparar. Un fotógrafo con ética es como un médico que siente náuseas al ver sangre. La ubicación es un talento que sólo la experiencia te puede dar. Cuando la cámara impone y te aleja de tu objetivo, hay que saber ubicarse para que nadie advierta tu presencia, siguió diciendo. Me contó de los días en que estuvo en Chiapas. Porqué se había cambiado de bando y de nombre. Porqué anduvo a salto de mata como un zapatista más. Entonces le pregunté por el sub Marcos, si le había visto el rostro.

Fueron dos semanas intensas, de fuego cruzado. El primero de enero, los zapatistas tomaron cuatro municipios, Altamirano, Ocosingo, Las Margaritas y la cabecera: San Cristóbal. En la madrugada derribaron árboles, pusieron barricadas sobre la carretera y las calles principales, con hombres vigilando las entradas y salidas del pueblo. Asaltaron tendajones y farmacias, tomaron casi sin ninguna baja Palacio Municipal. Sacaron a la plaza los escritorios y los muebles, los papeles volaban como confetis. Pintarrajearon los portales blancos de la presidencia. «Nosotros somos los hombres de la noche, los tzeltales murciélago. Podemos despedazar a un ejército hombre por hombre, uno al día, sin que lo sepa nadie, sólo la montaña, la noche. La montaña es nuestra y la noche es nuestra, ellos lo saben… La ciudad ha sido tomada con todo y turistas. Esto es una revolución…». Me contó que vio por la televisión al subcomandante Marcos leer, en medio de aquel desastre, la declaración de guerra al gobierno y la amenaza de llegar hasta el D.F. Antes de emitir cualquier opinión, el general López Ortiz apagó el televisor al ver que arriaban la bandera nacional para subir la del EZLN. Suficientes payasadas, dijo y se puso a preparar la ofensiva. Ese mismo día, primero de enero, el ejército federal cayó con miles de soldados, artillería pesada, aviones de combate y tanques de guerra. Corretearon a los zapatistas en su huida y, antes del anochecer, el muy hijo de puta de López Ortiz se paseaba arriba de una tanqueta por las calles de San Cristóbal.

En Ocosingo ocurrió la peor de las batallas. Al Ejército no le fue tan fácil recuperar la plaza. Los zapatistas también habían saqueado las oficinas de gobierno, los juzgados, el banco, tiendas de ropa y abarrotes. Tomaron las casas de los ricos del pueblo, quemaron todo. En la mañana del 2 de enero, Antonio se fue a Ocosingo con el contingente de López Ortiz. Desde una curva de la carretera alcanzaban a ver el pueblo. Era domingo, había llovido toda la noche. A lo lejos seguían las humaredas de las quemazones que apestaban el ambiente. Un sargento le informó a López Ortiz las posiciones del enemigo: apostados en las azoteas, en el mercado y en el campanario de la iglesia. Repicaremos las campanas cuando los hayamos matado, dijo y ordenó que el batallón de paracaidistas fusileros cortara la retaguardia. Al mediodía el cielo se cubrió con una lluvia verde: caían hombres armados con lanzagranadas. Pasadas las tres de la tarde entró el ejército a recuperar Ocosingo. Sin poder recibir refuerzos que habrían de llegar por el camino a Palenque, los zapatistas resistieron en el mercado. Antonio seguía los rastros de sangre desde la plaza, encontrándose a su paso cientos de civiles y rebeldes muertos, los que más tarde alinearían en el mercado para alimentar a los perros.

Sólo los dirigentes del EZLN usaban pasamontañas como distintivo, la «tropa» andaba de civil, por lo que al recuperar las calles, los militares disparaban a lo que se moviera, asesinando inocentes. Tuvieron que implantar el toque de queda y el uso de un pañuelo blanco en la mano para quien no fuera alzado. Como los zapatistas obligaron a que los combates fueran durante la noche, sus peores ofensivas comenzaban al caer el sol y se prolongaban hasta el amanecer. Poco a poco fueron llevándose a las mujeres y niños para la selva, y antes del 12 de enero comenzaron a replegarse, perdiendo la esperanza de retomar posiciones. Los combates fueron tan intensos que no fue posible repicar las campanas de San Jacinto, como había prometido el general López Ortiz, por temor a que se cayera el campanario, de tan agujerado que había quedado el templo. Los federales ya habían matado a más de mil zapatistas, las plazas de Ocosingo, Altamirano y Las Margaritas estaban atestadas de cadáveres. Cuerpos hinchados, amoratados, tirados sobre charcos de sangre coagulada, acorralados también por el zumbido de las moscas. Los militares ya no sabían qué hacer con tanto muerto. Los amontonaban como se van juntando las bolsas de basura en una esquina. Tuvieron que hacer una guardia especial para cuidarlos de los perros que olisqueaban hambrientos. Los cuerpos reventaban como si fueran globos aturdidos. El hedor era insoportable. Debimos dejar que se los comieran, replicó López Ortiz cuando los movían con bulldózer y los aventaban a una fosa común del cementerio.

Antonio no supo en qué momento fue un zapatista más. Aunque le costara la vida era la única manera que tenía de sobrevivir. No sé qué hubiera preferido, si las golpizas de los alzados o la picana de los hombres de mi padre, cuando me atraparon, me contó. El día que los zapatistas supieron de quién era hijo lo creyeron un infiltrado. Lo golpearon y lo amarraron a un árbol bajo la lluvia. No sabían hasta dónde confiar en él. Estuvieron a punto de matarlo. Terminó de informante. La comandanta Josefina le hizo un montón de preguntas, la relación con su familia, el trato con su padre y el Ejército. Sobre los planos que tenía López Ortiz en su mesa de campaña. Hablaron de la tierra, del cielo. Le pidió que le enseñara a manejar una cámara y acabó preguntándole cómo conquistaba a una mujer. Lo confrontó con preguntas íntimas, Antonio tuvo que decirle cómo se masturbaba. La comandanta le revisó las manos, dijo que eran como las de un niño, le preguntó si sabía disparar.

Nunca perdió los rollos de película, sabía dónde esconderlos, tenía la Leica incorporada al cuerpo, como la vieja escopeta que su padre le obligaba a cargar de niño para asimilarla a su peso. Dormía con el arma al lado de su cama, igual que hacía con la cámara. Es como salir de cacería, antes de disparar ya te imaginas a tu presa congelada. La foto perfecta. Preparas foco, mides distancia, luz y encuadre, en silencio, sin que adviertan tu presencia. Debes moverte rápido, como hacen los lobos para saciar el hambre, disparar y salir huyendo por la ruta que tenías meditada, y si algo la obstruye, salir por la segunda o tercera vía. Debes tener más de una entrada y mayor número de salidas. No hay presa fácil, ni siquiera un cadáver.

Se enteró de que los verdaderos comandantes, los que mandaban, eran sobrevivientes ideológicos de la Guerra Sucia, La Liga Comunista 23 de Septiembre, movimientos que su padre persiguió en los años setenta. Ahora estaban organizados por etarras que les enseñaban a manipular explosivos. Patxo o Pancho, como le decían, usaba pequeñas arracadas y barba tan cerrada que podía hacer las veces de pasamontañas. Como quien lleva un costalito con tierra de su patria o cenizas de sus antepasados, a Pancho le colgaba al cuello una bolsita con pólvora. En cualquier momento me pueden desarmar, pero esto, así de inofensivo como se ve, me salva la vida, tío, le decía a Antonio al tiempo que sopesaba la bolsa. También había curas adoctrinados en la teología de la liberación. Franceses o italianos comprometidos con cualquier causa latinoamericana. Hacían traducciones, conseguían financiamiento. Tenían médicos y estrategas que adiestraban a la gente en el uso de las armas. Antonio se sentía en una reunión de la ONU en plena Selva Lacandona, en un intercambio de ideales, lenguas y costumbres. Muchos indígenas no sabían leer ni escribir. Tampoco hablaban español, pero rezaban en francés y los curas les daban la comunión en tzotzil. Repartían panfletos marxistas, como poemas de Ernesto Cardenal. Los jefes jamás se descubrían el rostro, o por lo menos no frente a él. Tenían dividida la selva en zonas o círculos concéntricos: la gris era la más social, seguía la verde, la amarilla. Antonio se sorprendió al ver tantas pistas para el aterrizaje de helicópteros. Habían sido canchas de basquetbol, construidas por anteriores gobiernos para fomentar el deporte, por eso algunos zapatistas tenían tan buena puntería. La zona roja estaba en el corazón de la selva donde vivía el subcomandante insurgente Marcos, como debían llamarlo, y su equipo más cercano. Nadie sin salvoconducto podía llegar allá. Para los hombres de la guerra no hay nacionalidades, sino ideales. Hablan el mismo idioma: el de la esperanza. Eso le repetía su padre a Antonio, pero en Chiapas se dio cuenta de que ninguna guerra se gana, es una transformación: los que eran buenos se hacen malos y los malos siguen siendo perdedores.

La segunda semana de febrero los zapatistas emprendieron la retirada de las ciudades que habían tomado. Volvían a la selva, al territorio que habían ocupado por siglos y que conocían como la palma de su mano. Regresaban a las pequeñas comunidades que habían construido con tablas y chapas de lámina, la Cuaresma, el Porvenir, la Realidad. Antonio se fue con ellos. Se consiguió un arriero que lo orientara en el monte. Resultó ser chamán *'ilol*, de los que curan el cuerpo mediante el espíritu, el mismo que le sanó con emplastos de yerbas, las golpizas que le dieron de bienvenida. Así como cada enfermedad tiene su remedio, también hay un curandero para cada mal, le dijo mientras le tomaba el pulso. Como había sido chiclero en la selva, sabía leer en el suelo dónde había habido un camino. Tenía una mula a la que le hablaba en tzotzil, como esperando que el animal le respondiera. No había descanso, los días eran iguales: día y noche. Antonio me aseguró que jamás padeció tanta sed y hambre, un calor que le pulsaba en las entrañas. El chamán le hablaba sin rodeos en un español entre cortado y tropical. Nosotros somos los hombres murciélago. El cielo y la tierra son una misma cosa, *vinajel-balamil*, le decía. Le recomendó que cuidara la sal como si fuera oro molido. En la selva escasea tanto como en el desierto. Le dio un puño en un pedazo de manta. Caminaban sin perderse de vista. Miraba para todos lados, volteaba al cielo pendiente de un nuevo ataque. Las bestias iban sobrecargadas, por lo que tenían que ayudarlas si se hundían en el fango. Pero los animales no obedecían, buscaban otros caminos, golpeando la carga contra los árboles en su huida. Había una mula que cuidaban con sumo interés, porque llevaba en sus alforjas los libros del escritor favorito del Sub: Paco Ignacio Taibo II.

Se comisionaron la seguridad, los alimentos, se regían por una línea de mando bien estructurada. Los comandantes usaban computadoras, internet, aparatos de gran precisión, teléfonos satelitales. No podíamos encender fogatas para espantar a los insectos, cocinar o calentarnos por las noches. Comíamos carne casi cruda, seca de tan salada, hasta que la caza fue imposible. No podíamos dejar rastros de sangre, ni remover la tierra para enterrar huesos, retazos de piel o el caparazón de un armadillo. Entonces comíamos maíz tierno machacado con insectos sobre una hoja de plátano, después tenía que doblarla y guardarla de nuevo en el bolsillo. Comí gusanos, chinches, alacranes sin ponzoña. Tampoco podíamos dejar nuestra mierda, después de cagar cargábamos con ella. El Ejército federal tardó varias semanas en darnos alcance, sólo mandaban pequeños contingentes y helicópteros Blackhawk para hacer vuelos de reconocimiento y aventar bombas. El sonido de un proyectil que va cayendo es un silbido grave, seguido por una intensa luz amarillenta o verde, con disparos en cualquier dirección. Allá no sabes en qué momento mueres. Vi hombres caminar durante muchas horas con el cuerpo lleno de balas, como si una fuerza externa los guiara al lugar donde habita la libertad. Ahora creo que era la conquista del respeto a la tierra lo que los hacía parecer inmortales. Lo supe cuando había gastado las dos caras de la moneda.

La huida parecía imposible. Aunque estábamos a tres días de camino del rancho la Cuaresma, hicimos el doble de tiempo para perder un poco a los federales. Caminábamos aturdidos por los gritos de los heridos que llevábamos en carretillas o a lomo de mulas, por las órdenes de los comandantes y por el miedo a que una bala te encontrara. La oscuridad seguía siendo nuestro mejor refugio y muchos de los quemados por el fósforo de las bombas morían en la madrugada. Por eso en la noche tampoco quería dormir, el miedo a morir tragado por la selva no me abandonaba. Además, era terrible despertar en la mañana y darme cuenta de que había pasado toda la noche al lado de un muerto.

38

MI PULSO DICE TU NOMBRE y tú llevas el mío en la espalda. Santo que no hace milagros se queda sin su altar, amarrado y encuerado. En la iglesia de San Juan Chamula curan cualquier enfermedad, aseguró Antonio. Él nunca se había sentido tan desnudo como cuando entró a conocer ese templo. Nada de fotos, le advirtieron, así que dejó la cámara al resguardo de un chiquillo vendedor de cinturones y pulseras de colores. Como la puerta estaba cerrada y había que tocar para entrar, alumbraban el interior con miles de veladoras. La iglesia no tenía bancas y el ambiente estaba enrarecido por el olor a cebo de las velas, copal e inciensos, revuelto con el humor del pino de tantas ramas que estaban regadas por el piso. Su curandero le enseñó que había enfermedades de infantes y de adultos. Vio cómo curaba a un niño, le tomaba el pulso y rezaba en tzotzil. Le pasaba una gallina por los pies, las manos y la cabeza. Volvía a tomar el pulso y esperaba a que se le normalizara el ánimo de la sangre, sin dejar de rezar, sin dejar de mirar al santo lujosamente vestido que haría el milagro. Así es como saben si el enfermo se ha aliviado, tomándole el pulso en la muñeca. Si no hay milagro se castiga al santo. Por unos meses se le voltea contra la pared o se le quita la ropa y se saca del templo.

Al final el curandero mata a la gallina, con un método más rápido y práctico que el de mi santero de Cuba: le tuerce el pescuezo para que no sangre. Se toma un vasito de *posch*, aguardiente de maíz, y una Coca-Cola para provocarse un eructo grande, del tamaño del milagro que había pedido, y de esa manera saca la enfermedad del cuerpo enfermo.

Más pronto de lo que esperaba, Antonio experimentó una de esas curaciones. En la selva le volvió la migraña que lo obligaba a encerrarse en la oscuridad. Pero en la Lacandona no hay lugar dónde descansar. Una flecha de luz se colaba por alguna parte del pequeño cuarto que compartía con guerrilleros y animales que metían a dormir con ellos para que no se los comiera el jaguar. Por dos o tres días el dolor era tan intenso que le volvía la sensación de no estar en este mundo. Comenzaba en la frente, le corría a un lado de la cabeza y bajaba por la mejilla como si le arrancaran la mandíbula. Los filos de luz le atravesaban los ojos y veía otras imágenes, insectos bellísimos, aves tan raras que lo forzaban a cerrar los ojos con fuerza para dejar de mirarlas. Al final venía la náusea y un vómito intenso que lo estremecía. Su curandero *'ilol* le dijo que padecía *ch'ulelal*, una enfermedad del alma. No supo qué hongos masticó para adormecer de nuevo su espíritu alborotado. El chamula le aseguró que no era paludismo lo que le provocaba las fiebres. Antonio pasó varios días fumando marihuana, acostado frente al altar de un santo desconocido, rodeado de velas y aturdido por los rezos interminables del chamán, quien no dejaba de tocar con su violín para sanarlo. Música de Bach en plena selva. También le dio epazote colorado para desparasitarlo y té de ruda para el mal de ojo. Estuvo varios días más con diarrea, cagándose cada cien metros detrás de los árboles.

Cuando Antonio era niño, su madre se encerraba con él en sus peores momentos de migraña. A la luz de una vela le leía la Biblia, o vidas de mártires: santa Lucía sin ojos, san Judas Tadeo decapitado, san Simón cercenado. Le decía que eran ejemplos de sacrificio. Pero en sus delirios en la selva recordó el día en que cumplió doce años y su padre lo llevó al burdel que frecuentaba, porque ya estaba en edad. El pobre Antonio no pudo tener erección, el viejo no le quitaba los ojos de encima, entre las carcajadas de la mujer le decía: sólo a los maricones no se les para frente a una mujer como ésta. Bésela, no sea joto, muchacho cabrón. En ese momento recordó cuando vivían en Morelia. Cuántos fines de semana su padre y otros oficiales rentaban una lancha en Pátzcuaro, subían a varias putas y armaban una gran fiesta en mitad del lago. Antonio tenía siete años. Agazapado en una esquina del bote, con un escalofrío incontrolable, veía cómo se emborrachaban y tiraban balazos al aire. Veía a su padre, dominando el equilibrio con las piernas abiertas, desabrocharse el pantalón y gritar eufórico: empínate perra, ahora sí sabrás lo que es un hombre, puta hija de la chingada.

En Chiapas, Antonio se las arregló para tomar fotos. Decía que había aprendido a reconocer un don en la migraña. El dolor dilataba la pupila y podía mirar otros planos, el aura de la gente y los animales. Hizo fotos de niños desnutridos, con la panza tan abotagada de lombrices que se les salían por el ano. Otros con glaucoma o el rostro cruzado de lágrimas y mocos. Mujeres despiojando a sus hijos. Niñas jugando con la tierra o bañándose en tinas de hojalata, subidas en los árboles o corriendo desnudas por caminos lodosos. Retrató el hambre, las heridas, a los sobrevivientes, herederos de una tierra rica pero desperdiciada. Cualquier objeto en las manos de un niño es un juguete, dijo ese día que habló tanto, copa tras copa. Esas fotografías tenían una mancha de alas poderosas en alguna esquina. Una mosca se había metido en su Leica y no la pudo sacar. Fue la marca de agua de sus fotos de Chiapas. Al fin y al cabo las moscas nacen de los muertos. Se alimentan de los muertos, afirmó.

La Selva Lacandona ya no era virgen. Antonio vivió en una comunidad de apenas veinte casas. Conoció sus ritos y tradiciones ancestrales, tan difíciles de entender y de traerlas a este tiempo. Me contó que para pedir la mano de una mujer, los hombres más viejos de la familia del novio visitan a los padres de la muchacha, llevan regalos: pan, chocolate, cigarros, aguardiente. La chica se esconde y no son recibidos, y tienen que volver cuatro o cinco veces más, con mejores presentes. Cuando por fin los reciben se fija fecha para la boda. Los recién casados no viven juntos desde la primera noche, llegan a pasar hasta doce meses para que puedan tener su propia casa. En tanto, el muchacho va a trabajar los campos del suegro y la chica les prepara la comida, teje o cose la ropa de la familia con la suegra. Cuando por fin el matrimonio se consuma, se lanzan cohetes al aire y se extiende, a la vista de todos, la sábana manchada de sangre de la virginidad entregada. Ni siquiera estos matrimonios, donde los novios no rebasan los 13 años de edad, han logrado arreglar las disputas entre las distintas familias, heredadas de generación en generación, por la tierra o por el agua. El chamán de Antonio era un sobreviviente de esas venganzas. Sus diez hermanos y su padre habían muerto asesinados. A él la música, más que las yerbas, le había salvado la vida. Tocaba el violín en todos los entierros de su comunidad. Sólo música para muertos. Aunque a veces comenzaba a afinar cuando el enfermo estaba en las últimas. Era otra forma de alivio o una despedida. ¿Quién te enseñó *Las cuatro estaciones?*, le preguntaba Antonio. El monte, los pájaros, el agua del río, contestaba. En la Lacandona había tojolabales, cholos, lacandones, mames, zoques. Doce etnias con su propia lengua y costumbres, emparentadas entre sí por la religión. Antonio aprendió a distinguirlos por un detalle, los listones del sombrero en los hombres, los colores del bordado en las mujeres solteras, el poncho azul de lana o la manera de alzar la cabeza.

Preparando la defensiva, Antonio comprobó que estaban armados con un fusil o pistola por cada diez hombres, los demás con cuchillos largos y palos pintados de negro, tallados en forma de metralleta. Aquí un rifle es necesario, pero el machete es indispensable, afirmó el chamula y le puso uno en las manos. Te sorprenderías al darte cuenta de que cualquier objeto es un arma para matar, aunque con el machete son tan buenos que partían a la mitad a quien se pusiera adelante, me dijo. Caminó tanto que ni las botas eran suficientes para no ampollarse los pies, le sangraban, por eso adoraba mis cayos. Al principio estaba maravillado al descubrir el nombre de las nuevas plantas que esquivaba sin querer hacerles daño, de los pájaros multicolores: guacamayas escarlatas, papagayos, tucanes que los miraban a su paso como si ellos fueran la novedad. Para caminar teníamos que ir haciendo nuestra propia ruta, nueva cada día. En un abrir y cerrar de ojos la selva se comía los caminos. No podíamos dejar rastro ni marcar árboles. En otra circunstancia ésa sería la mejor manera para no perdernos y volver por el mismo sendero. A cada paso me encontraba con montones de botellas de plástico, cacharros, hasta un pedazo de auto entre los matorrales, convertido en un gran musgo. Descubrí ciudades mayas perdidas, como si detrás de un árbol se escondiera una pirámide cimentada entre el yerbajal y los calores.

Había que librar más de una batalla. De la noche a la mañana la humedad anidaba aterciopelada en el interior de sus botas. En cualquier momento se desataban tormentas con vientos enloquecidos que en pocos minutos convertían la tierra en un lodazal, desenterrando cualquier alimaña, gusanos, larvas, serpientes de agua. A diario llovía y las goteras del techo de lámina los hacían dormir amontonados en el único rincón seco del cuarto. Tenían que lidiar con las garrapatas que buscaban la intimidad del cuerpo, el calor de la noche profunda. Soñaba con la serpiente de cuatro narices que bufaba como jabalí y podía tragarte de un bocado, según la leyenda que le contó su chamula. En la mañana el barro les llegaba hasta las rodillas. Si la lluvia los sorprendía lejos de la comunidad lo peor era correr, mejor debían guarecerse con los saraguatos, en las copas de los árboles que no estuvieran ocupadas por algún balam, como le dicen al jaguar, que en Chiapas es sagrado. Su rugido hacía interminable la noche.

El peor enemigo al que me enfrenté en la selva fueron los insectos, que sin advertirlo te iban comiendo la piel, los ojos, el cabello, las uñas, me dijo. Si removía un poco la tierra podía encontrarme una serpiente coralillo o un alacrán rojo de la India, tan mortales como el tétanos. Salían bichos de donde menos lo esperaba, había gusanos quemadores en cualquier rama, redes invisibles de arañas camufladas, trepadas en su hábitat: la altura de los árboles, y desde allá se dejaban caer sobre presas pequeñas y medianas con un veneno tan certero que paralizaba en segundos. A un hombre no alcanzaban a matarlo, pero sí dejaban una roncha dolorosa que el calor y la humedad rápidamente se encargaban de infectar. Todo lo dominaban las moscas y mosquitos, se meten por la nariz y la boca si tardas un bostezo. Nos embarrábamos de lodo los brazos y la cara para evitar el ataque de un enjambre.

De todos los ejércitos a los que había que dar batalla, el más temido es el de las hormigas. En la selva no puedes estar quieto o te devoran en minutos, suben cualquier altura, hacen mejores caminos que el hombre, viven y mueren para comer, nunca duermen ni descansan, son millones de soldados hambrientos, me contó mientras me mostraba las cicatrices que le hicieron en los pies. Me preguntaba si serían peores que los insectos que yo sentía caminar bajo la piel, que me hacían rascar hasta sangrarme cuando me faltaba un poco de heroína. A las hormigas león parecía que el calor las hinchaba, son del tamaño de una cucaracha, bravas y con instinto asesino. Desde el día en que se le subieron, soñaba con ellas, que lo tenían rodeado y le comían el espíritu. El mejor remedio para la comezón era mearse los pies con la primera orina de la mañana, sin ninguna técnica, sólo puntería, me enseñó dirigiendo su arma blanda hacia el objetivo, otro remedio de su chamula de cabecera. Su venganza contra las hormigas era comerles el culo, como a los gusanos quemadores, tostados a fuego vivo en tortillas con chile y frijoles.

Antonio aprendió a distinguir los insectos venenosos de los nutritivos, ricos en proteínas que le ayudaban a soportar largas caminatas y persecuciones. A las hamacas había que pasarles aceite rancio en los extremo para evitar la visita de alimañas en pleno sueño. Quizá Antonio hubiera seguido allá, librando su propia guerra, si no fuera porque en medio del grito de los pericos escuchó una voz que lo revivió. Marissa era una reportera italiana que había conseguido una entrevista con altos dirigentes zapatistas. Se quedó a vivir con él hasta que la guerra pronto los alcanzó, con refriegas aisladas cada vez más cerca del caserío. Antonio seguía en espera de una pistola o un fusil. Decía que cada arbusto era un resguardo. Los militares pasaban a un lado de los guerrilleros y no notaban su presencia. Se movían rápido, evitando cualquier despoblado de árboles. Tampoco podían acercarse a los ríos, porque serían presa fácil. A veces en su huida tenían que enfrentar el hambre de pantanos y caimanes. Un disparo rompía el monótono sonido de la selva y el eco se confundía con el aletear de los pájaros. Se escuchaban voces de hombres gritando órdenes y palabras en clave. Más disparos de armas automáticas. Ráfagas que levantaban un escándalo de ruidos. Entonces, Antonio imitaba el chillido de los saraguatos y brincaba en la cama como uno de ellos. Cuidado, ahí viene la changada, me decía y volteaba al techo como si viera lo alto de los árboles. Eran cientos de changos que, espantados por las balaceras, huían en manada pisándose unos a otros. Sus gritos de pavor le ponían los pelos de punta. Caían sobre los techos de lámina de las casas y el sonido era peor que el golpe seco de un cuerpo que aplasta la yerba.

En los primeros días de junio llegaron los federales a la comunidad donde estaba refugiado. Aún no amanecía. Las granadas iban por delante, por lo que algunos zapatistas volaron por los aires con casa, familia y gallinas. Nos sorprendieron dormidos, recordaba Antonio. Llegaron por tierra, con equipo infrarrojo. Tirando a matar. Acribillando por la espalda, entre gritos y órdenes que nadie escuchaba. Me hubieran matado si no tuviera tan buena puntería. En plena huida, corriendo por los atajos fangosos esquivando luces y destellos, ignorando los llantos de auxilio y la histeria de los niños, un subteniente me marcó el alto a poca distancia. Lo maté de un balazo en el corazón, con la pistola que acababa de rescatar. Fui hasta él y le reventé la cabeza con el tiro de gracia. Era un jovencito. No supe cuándo hice mía esa guerra, si era al subteniente a quien mataba o quería darle muerte a lo que representaba su uniforme. Después de un rato de silencio, Antonio bajó la voz y confesó: fue a mi padre a quien vi marcarme el alto. Nunca sabes si alguien está oyendo o vigilando. Ya nada me sorprendía. La tragedia estaba en otra parte: mi corazón. No era yo el que peleaba, el que aprendió a refugiarse en la noche oscura o en el día incandescente. Pocos minutos duró el combate. Iban casa por casa, desalojaban familias, mataban a los hombres, tomaban prisioneros. Marissa y yo seguimos corriendo, hasta que la bota de un soldado me puso la cara contra el lodo. Apenas alcancé a oír el chillido de un niño, o pudo haber sido el de un animal. Unos culatazos en las costillas me reventaron los pulmones. Me dejaron descalzo. La comunidad hecha cenizas fue lo último que vi antes de que me pusieran un costal en la cabeza. Hay torturas que no se pueden explicar, dijo con la misma mirada de odio que este sábado le volví a ver. También capturaron a Marissa, al curandero y a dos comandantes. Los trajeron dando vueltas varios días por la selva. Las credenciales de ella les salvaron la vida y una mañana despertaron en la zona militar de San Cristóbal. De nuevo López Ortiz rescató a Antonio. Le habló de la traición y la lealtad. Permitió que se marcharan con la condición de no volver a verlo jamás. Después yo descubrí que Antonio huía de su padre, de su pasado, de sí mismo. Marissa y él dejaron la Selva Lacandona para refugiarse en Nápoles y demostrarse que no le tenía miedo a la vida.

39

DE MI PADRE LO SÉ TODO. Que creció en Cuba, cuando su padre, el comandante Justo Rojas, estuvo luchando en la Sierra Maestra. Que dividía su vida entre México y La Habana, hasta que se alió con la disidencia y estuvo dieciocho meses preso en El Morro, acusado de traición. Ningún escritor en México ha acumulado tanto poder. A pesar de que yo no indagaba sobre su vida, la gente me decía dónde lo habían visto, qué habanos fumaba, dónde se reunía con sus colegas. Federico Campbell, el amigo que me consiguió aquella cita en el café de Bellas Artes, me confirmaba algunos datos. Sus dos últimas novelas están consideradas como las mejores. Su último año de vida dejó de hacer apariciones públicas, ya no daba entrevistas ni quería ver a nadie. Unos decían que preparaba su autobiografía. Otros, que Belisario Rojas se había vuelto loco y que se estaba muriendo acosado de culpas. Yo estaba segura de que tenía miedo de reconocer que nunca había sido feliz. No hay peor sorpresa en la vida que la muerte, decía Antonio. No está en nuestro raciocinio porque no existe en nuestra vida, hasta que sucede. Deberíamos nacer con fecha de caducidad, así podríamos planear mejor el futuro, vivir al máximo la felicidad, desterrar del corazón el rencor. La peor de las muertes debe de ser morir dormido en tu cama, sin darte cuenta de la trascendencia que estás viviendo. De cierta manera, Antonio, creo que tus palabras avalaban el suicidio, tener el control de la propia muerte.

40

¡QUIERO MÁS COCA! ¡Consígueme más coca! le grité a Mario en la cocina al escuchar que el *dealer* no llegaba antes de las dos. ¡Es apenas la medianoche, chingado! El *dealer* es como el médico, está para cubrir emergencias. El nuestro era una vieja española que vivía en la colonia Del Valle. La misma vieja que le surtía a Jorge la coca. Contestaba el celular al primer timbrazo, muy amable y con cierta preocupación en la voz. Decía vender sólo mercancía garantizada por su químico. También se le podía pedir botellas de alcohol, cerveza o comida de cualquier restaurant de la ciudad. Hasta putas conseguía. Jamás daba la cara. Para los envíos tenía a dos muchachos que podían pasar por repartidores de pizza, sólo que éstos andaban en auto. Antes de terminar la llamada, doña Blanca como le llamaba Mario, pasaba simultáneamente el pedido a uno de los repartidores, a los que no bajaba de gilipollas. Les repartía hostias y se cagaba en sus muertos si no llegaban rápido.

¡Quiero más coca!, le grité de nuevo a Mario. No podía cortar la excitación provocada por la mezcla de tacha y jugo de uva que había tomado. Cuando menos lo presientes el pasado te rebaza. La coca es lo mío, repetí al desprenderme de los brazos de un tipo con suéter azul que aseguraba haberme conocido en el departamento de Serrano. Pero no te recuerdo, le dije, con ropa puedes ser cualquiera. Entraba y salía de sus brazos cuando se me antojaba. Yo era la reina de la noche. Sentía que había vuelto del Más Allá para brillar como antes. Hacía mucho tiempo que no estaba con Mario en una bacanal de las nuestras y él estaba feliz de tenerme de regreso en casa. Me presentó a su nuevo novio y reencontré a Carolina, una chica que a todo mundo le decía que yo había sido su primera amante. Pasamos un rato en el rincón, besándonos a ojos cerrados. Desde ahí vi llegar a dos jovencitas tomadas de la mano, con el cabello a lo príncipe valiente y falda escocesa, sin camisa ni sostén, sólo una corbata roja al cuello que les dividía los senos. Sin saludar a nadie se pusieron a bailar. Lo que una hacía, lo imitaba la otra. Misma estatura, mismos movimientos de brazos y cabeza. Era difícil distinguir cuál era la original y cuál hacía de espejo. En un abrir y cerrar de ojos se empezaron a besar. Extendían los brazos como alas de libertad. Dejé a Carolina y me les uní. Un delirio. Resultó que eran gemelas, unas hijas de puta. Al besarlas no podía diferenciar el sabor de una y de la otra. Fueron como un doble sueño hecho realidad. Así como llegaron, desaparecieron. Al preguntarle a Mario por ellas, me respondió: ¿qué gemelas? ¿Qué te metiste? Hablaba muerto de risa, al tiempo que hacía como si me revisara la pupila.

Por suerte el timbre de la casa era una luz roja que se prendía de forma intermitente, porque de otra manera no hubiéramos oído nada que no fuera el fuerte volumen de la música. El pedido llegó antes de lo anunciado. Por más que cooperamos, y seguro éramos más de treinta, apenas alcanzamos a comprar dotación suficiente para unos pocos. Esa noche, no quería coger, sino pasarla bien, divertirme, relajarme. Olvidarme del día en que vivía, de mi nombre, del amor y de los hombres. Quería perderme en la alucinación de un éxtasis poderoso, fumarme el hachís que no había podido en los meses anteriores. Beber hasta morir. Renacer fuerte, segura, indestructible, con líneas y líneas de la mejor coca. Pero el tipo del suéter azul tenía otros planes. Me jaló del brazo y me dijo, no te creo que no me reconozcas, yo no he olvidado tu mirada, tu cuerpo, tu risa burlona. Me dicen Checo. Hasta ese momento supe de quién se trataba, pero no tenía ganas de volver al pasado. Pues no sé quién eres, le contesté zafándome de su mano, al tiempo que Mario apagó la música y pidió la atención de los demás. Echó un elocuente discurso sobre mi regreso de entre los muertos y me presentó como la *única* Carmen. Hizo un movimiento con los brazos, como de director de orquesta y la música volvió a todo volumen con *La habanera*. No me pude resistir, sonaba en mi corazón. Aventé mis zapatos y bailé. En medio de los aplausos, los gritos, la rechifla, salté arriba de la mesa del comedor y en el siguiente *attitude derrière* caí al suelo entre platos y vasos. Caí en un hoyo infinito. Nadie sabe lo que es un hoyo infinito hasta que cae en él. Me corté los pies con los vidrios, aunque de momento no lo sentí. Me cagué de risa como si otra se hubiera caído y me levanté de un salto, como lo hubiera hecho en el escenario. Seguí bailando, dejando huellas de sangre en el piso. Llegó Carolina y me contuvo. Yo traté de apartarla, no quería que nadie pisara mi sangre. Me angustié. El recuerdo de Antonio me subió por el cuerpo. ¡Déjame!, le grité al tipo del suéter azul cuando nos abrazó a las dos. Cambiaron la música a una electrónica, tan mala que nublaba la vista. Quiso bailar con nosotras. Quiso besarme. No podía más, los aparté de mi lado cuando sentí que me alzaba el vestido. Vamos a coger, por favor vamos a coger, me repitió el pendejo al oído, ahora sí te voy a cumplir. Busqué la mirada de Mario y el muy maldito ya había desaparecido, Carolina tampoco estaba conmigo. Las caras a mi alrededor eran extrañas, hostiles. Descubrí que estaba manchada de sangre. Tenía otro corte en el brazo y en la espalda. Había ensuciado el vestido verde olivo que tanto le gustaba a Antonio. ¡Te vas a la verga!, le contesté. Mis palabras llevaban una carga de odio que no podía reprimir. Ya estaba cansada de ser objeto de los hombres, de compartir mi cuerpo con cualquier extraño, de probar nuevos sudores. ¡Me das asco!, le grité al volverme el recuerdo de Juan Luis, su mirada cobarde reprochándome su poca fuerza para vivir. La incapacidad de los hombres de entregarse, de no saber amar, por ser tan egoístas e infantiles. Todo lo quieren conseguir por medio de una competencia. Siempre quieren ganar. Quieren, quieren, quieren, primero ellos y su orgasmo. Sentí vergüenza al imaginar que Antonio me miraba desde algún rincón. Tuviste tu oportunidad y la perdiste. Ahora vienes como si nada. Entiende, no sirves para la cama, tienes una cosa tan grande que daña los intestinos. Déjame vivir, te dije que te amaba pero ya, Antonio, ya no. Soy Checo, me gritó y volví en mí. No voy a coger contigo nunca, nunca, nunca, nunca, le repetí cara a cara. El tipo del suéter azul, que estaba más cruzado que yo, me gritó que de dónde sacaba mis ínfulas, si todos sabían lo puta que era. Le di una cachetada con todas mis fuerzas. Él me devolvió el golpe con el puño cerrado. Caí al suelo. Mis lágrimas brotaron al instante y mi nariz reventó en un chorro de sangre. Al verlo venir volteé a mí alrededor y los otros seguían en lo suyo. Quise gritar pero las náuseas me lo impidieron. En el otro extremo de la sala, una pareja gay, que se había pasado la noche secreteándose, se cagaba de risa. El tipo del suéter azul estaba desconcertado por su reacción y trató de ayudarme. Yo sentía que la cabeza me daba vueltas. A pesar de mi llanto y de la sangre que me escurría, también me reí.

No cogí con él, pero sí me consiguió más coca. Traté de aspirarla y me lastimó tanto que vomité. Sentí que grandes coágulos se me venían desde la nuca. No tuve confianza suficiente para usar las jeringas que estaban sobre la mesa. Entonces recordé el método que, según Mario usaba Ellis Regina para meterse cocaína sin dañarse la voz. Checo, mi viejo amigo de suéter azul, me ayudó metiéndome un *shot* de coca por el culo.

41

N O HAY MAYOR AGRESIÓN QUE EL SILENCIO. Que me igno-
res, Antonio, que pasen los días y yo siga esperando tu
llamada, que toques a mi puerta. Tenías esa sobrada
seguridad en ti mismo de que nadie te hacía falta. Podría morirme
mañana y tú seguirías viviendo como si nada. Si no vienes es como
si yo no existiera, como si estuviera flotando en el espacio. Cuando
era niña y vi en el noticiario al astronauta que llegó a la Luna, supe
que estábamos solos en el mundo. Fue en el décimo aniversario
del alunizaje. Pensé que si al hombre se le cortaba la cuerda que
lo unía a su nave, se iría flotando sin que nada lo detuviera y por
más que pidiera auxilio nadie podría rescatarlo. Moriría solo, entre
la oscuridad y la nada. Así me siento al pasar las horas sin que llames, perdida.

Con todo y mi resaca te busqué. Al escuchar tu voz no pude
contener el llanto. Eres lo más íntimo que tengo, la única persona
que está dentro de mí. Me conoces tanto como yo a ti. Antes del
mediodía me recogiste en casa de Mario. Al verme se te llenaron los ojos de lágrimas. Me abrazaste, me miraste la cara. El ojo
izquierdo hinchado, casi cerrado y el pómulo enrojecido, a punto
de reventar. Me besaste en cada morete, preguntaste si me lleva-

bas a mi casa. Moví la cabeza negativamente, insististe. A tu casa, te pedí, llévame a tu casa. Al montarme en la moto me abracé a ti con tanta fuerza, sentí que eras lo único que tenía. La ciudad de pronto me pareció un gran cementerio. En el camino nos encontramos con un camión que transportaba cerdos. Chillaban horrible. Recordé la única vez que me pegaste. Fue un golpe seco que me dejó sorda varias horas. Yo estaba estrangulando a Pascuala, tratando de recuperar el último cachito de hachís que me quedaba. ¡Déjala!, me gritaste. No hice caso. Pascuala había estado jugando con el hachís. Ella lo tenía y era mío. Recordé la fiesta. No pude aguantar las ganas de llorar. Sabías qué decir en el momento justo: no hay presente, es sólo un parpadeo. Quiero que vivamos juntos el pasado, me dijiste en la puerta de mi casa. Lloré aún más. Te respondí que sí, que volvería a ser como antes. Viste cómo vivía, en un amplio cuarto de azotea de la Roma Sur, con una cama, mi mesa de trabajo, mi computadora y el cerro de diccionarios. Está cerca del metro Chilpancingo, te dije, como si te importara. Quería llenar el vacío que había ante tus ojos. No necesito más, siempre he vivido en departamentos que tienen sólo un baño. Por eso no invito a nadie a mi casa, en algún momento me pedirán usarlo y verán mi cepillo de dientes, mi maquillaje, mis cremas de noche. Correrán la cortina de la regadera y descubrirán mi estropajo, mis enjuagues, el jabón lleno de pelos o mis calzones colgados de la llave. A ti tampoco te gustaba que estuviéramos en mi casa, más de una vez peleamos por usar el baño. Sentada en el escusado te vi caminar con las manos en la espalda, llevabas tus jeans deslavados, una vieja camiseta negra y encima tu gastada chamarra de cuero de siempre. Sin quitarte los Rayban seguiste revisando las paredes, viendo las fotografías que tenía pegadas. Leíste las afirmaciones que había escrito. «Ésta es mi casa y está protegida. Soy libre. Te perdono sin preguntar». Estabas flaco, demacrado, vacilante al caminar, con un gesto de tristeza, hasta en ese momento lo noté. Sentí un poco de culpa. A ti también te había afectado nuestra separación. Quizá le temías tanto al compromiso como yo. Pensar que algo no pudiera tener fin, me volvía loca. La primera vez que me fui a vivir sola estuve más de un año durmiendo en el piso por culpa de un vendedor de colchones. Me mostró uno indeformable, con resortes individuales, ergonómico y no sé cuántas maravillas más. Pero cuando me aseguró que por lo menos me duraría quince años, salí corriendo de la tienda. No quería atar mi vida a un colchón.

Desde que llegamos a tu casa te encerraste en tu cuarto oscuro. Dormí toda la tarde. Al despertar, me dolía la cabeza, me punzaba la nariz. No estabas a mi lado. No estabas en el estudio. Vomité. El frío de enero me caló los huesos. Hasta entonces noté el desastre que había en tu casa. En un rincón del cuarto tenías ropa amontonada y sucia, de donde seguramente tomabas cualquier prenda para volvértela a poner. Por eso tu olor a humedad de los últimos días. Todo estaba fuera de sitio, revistas deshojadas, fotos rotas en mil pedazos. En la cocina se apilaban trastos de varios días. En la sala había desaparecido el *loveseat* y las paredes estaban desnudas, los clavos ya no sostenían las miradas. Sentí tenebroso el tictac del reloj de péndulo que habías heredado de tu abuelo Carlos, que atesorabas, como la rigurosa tradición de darle cuerda dos veces por semana. Hay quien cuida más los objetos que a las personas que ama, te dije un día mientras aceitabas la máquina. En su rincón de siempre seguía la bicicleta ponchada. En el baño seguían mis barnices de uñas, tal cual los había dejado, formaditos en una repisa. Dices que son mi mejor arco iris. Yo creo que regulan mi estado de ánimo. Podía cambiarme el color más de seis veces en una tarde. Rojo candi, glazé translúcido, magenta porcelanizado, gypsy púrpura, fucsia satín, morado, negro, hasta que la acetona me quemaba la yema de los dedos. Con una taza de té entre las

manos, ahora yo revisé las paredes. Me sentí vigilada por tus soldaditos de plomo que miraban desde una repisa, como un ejército
de mediodía. Abanderados, con fusiles al hombro, de impecable
casaca azul napoleónica. Las rosas del jarrón estaban marchitas.
El agua apestaba. Me pareció que todo apestaba. En ese momento
caí en cuenta que veías departamentos por puro gusto, no para
compartirlo conmigo. Yo quería vivir en tus sueños. Pero vives en
mi realidad, te defendiste. No, prefiero tus sueños. El día a día es
monótono, feo, gris, no hay como la ilusión del mañana. Entré a mi
estudio de danza. Aún estaba mi espejo y mi barra. Había muchas
cajas con fotografías, dos raks con ropa, luces, la escalera plegable.
En tu habitación, conté los condones que tenías en el buró. Encontré cabellos rubios y lacios como lombrices, en la tina del baño y al
pie de la cama. Anduve a gatas revisando los rincones. En tu clóset descubrí ropa de mujer. En la tarde me encontraste vestida con
ella y no le diste importancia. Pero sí preguntaste por el tatuaje
que me hice con Juan Luis. Cicatrices que deja el amor, contesté.
Supuse entonces que tú habías tenido muchos amores.

Esa misma noche nos fuimos al Puerto de Veracruz. Sin más
explicaciones me dijiste que al mirarme dormir te había parecido
una sirena y querías verme caminar en la playa. La verdad es que
sabías cuánto me gustaba el mar y querías complacerme, aunque ésa
ha sido la única vez que no he querido ir. Me sentía fatal. Prefería el refugio de tu cama. Ahora comprendo el peligro que te ace-
chaba, por eso querías alejarme de tu casa. Me dejabas caminar
sobre el malecón, por lo menos diez pasos delante de ti. Te gustaba ver cómo me miraban los hombres, escuchar sus comentarios sobre mí. Esa tarde atraje miradas, sería por mis piernas o por
los moretones de mi cara. En el Castillo de San Juan de Ulua me
hiciste unas fotos con el Tanque, como llamabas a tu Canon favorita. La cámara sirve para vernos, confrontarnos, para ella nada

es invisible. Si detienes un poco la mirada, en la foto encuentras aquello que creías que no existe, me dijiste en la noche, mientras me las mostrabas. *Tes yeux me transpercent ma Madeleine de Proust,* te dije al meterme en tus brazos. ¿A qué te refieres?, preguntaste. No hagas caso, es un recuerdo, algo que aprendí hace unos días. Estabas preocupado, más ausente que otras veces. Te sentía tenso, como si en el tiempo que nos dejamos de ver hubieras cambiado. Tus reacciones eran las mismas, pero no tus decisiones. Había algo diferente. Una frialdad no propia de ti. Sentía que ya no querías estar conmigo ni que compartiéramos el cigarro. Te molestaba que fumara, que tuviera los labios resecos y partidos de tanto fumar. Que a las cuatro de la mañana me levantara por un cigarro. Si siempre había sido así, ¿por qué antes no me habías dicho nada?, ¿por complacerme? Pues a mí también me molestaba que las manos te olieran a ajo. Te empeñabas en desvenarlo, y por más que te frotarás los dedos contra el acero del cuchillo bajo el chorro del agua, ese humor volvía a medianoche cuando me tocabas. Además, la yerba ha sido mi único soporte y un par de churritos al día no le hacen mal a nadie, te dije y me salí a fumar. Te esperé con los pies ahogados en la arena, mirando los sonidos de la noche, tan cerrada como tu cuarto oscuro.

Caminando hacia unas lanchas varadas en mitad de la playa me encontré a Serrano. ¡Déjame mi panza! ¡Quiero mi panza!, le grité. Estaba furioso. Discutimos. Le pedí perdón, le supliqué que me dejara ir, que me dejara en paz. Pero no escuchaba mis explicaciones, el sonido de las olas reventaba más fuerte que mis gritos, parecía que mi llanto lo excitaba. Me golpeó. Trató de ahogarme. ¡Déjame mi panza!, le supliqué llorando. Tenía ocho meses de embarazo. Le grité a Antonio que me rescatara, grité más fuerte pero mi voz se ahogaba en el mar. Tragué tanta agua que se me reventó otra vez la nariz. Manoteaba. Le desgarré la ropa y me quedé con pedazos de piel en las uñas. Hasta que me venció. Abrí los ojos dentro del agua, tenía miedo de cerrarlos y morir. Había miles de burbujas alrededor. La profundidad era aún más oscura. Desperté llorando. Fue una pesadilla tan real que dudé estar con Antonio. Lo busqué en la cama, pero no estaba en la habitación, no estaba en mi vida. Algo se había roto y terminaría por descubrirlo muy pronto. Al regresar a México tu contestador estaba lleno de mensajes en italiano, voces amenazantes, desesperadas. Así de escandalosos son los napolitanos, me dijiste y de un tirón desconectaste el aparato.

Ya estábamos en febrero, habían pasado unos días de nuestro primer aniversario y no mencionaste nada en el viaje. A pesar de que seguía la fiesta por el nuevo milenio, yo estaba triste, vacía, sin futuro. Lo que más deseaba en el mundo era hacer el amor contigo. Sentirte de nuevo al hacerte mío, soportar tu peso, oler tu cuello hasta morderlo, pero me dolían los ovarios. Tenía al máximo la guerra de hormonas. Estaba tan sensible que apenas consentía el calor de tus manos. No me mojaba y eso me entristeció. Quería que me abrazaras, decirte tantas cosas que pudiera resumir en una palabra: perdón. Quería que me mimaras y me tocaras como antes. Pero no oías los sonidos de mi cuerpo. Rehuías mi mirada. Me decepcioné al descubrir que no buscabas intimidad sino sexo. Guardé silencio, no quise perder el orgullo. Es lo único que a las mujeres nos queda cuando ya no tenemos nada que perder, decía mi madre. Al convertirse nuestras noches en desencuentros, en pequeñas discusiones sin sentido, no puede más y te dije te quiero. Ésa es mi verdad, no como tú asegurabas, que las mujeres dicen lo contrario de lo que desean. No podía seguir mintiéndome. Es imposible quererte más. Decírtelo fue como quitarme un peso de encima y al mismo tiempo sentirme vulnerable, en tus manos.

42

¿Cuál es tu piedra favorita?, le pregunté a Antonio. Tu nombre, respondió, que he aprendido a tallar a fuerza de repetirlo. Entre mi lengua y el paladar he medido sus formas, degustando sus letras de miel lunar o de tierra salada. A tu nombre le he encontrado nuevos brillos, mil caras eternas, lo he moldeado para engarzarlo con el mío hasta hacer una joya tan unida y distinta entre sí como los veinticuatro quilates del día.

Tengo el mismo nombre de mi abuela y me siento orgullosa de llevarlo. Mi madre me lo puso para que la perdonara por mi nacimiento. Pasé mi niñez lejos de ella, en una vorágine que no quiero recordar. Cuando llegamos a vivir a Villa Olímpica, mi abuela ya era una vieja liberada, cantaba y bailaba a cualquier hora. Seguía cuidando los sapos disecados que todavía descansan sobre los sillones. Decía que eran príncipes encantados que no encontraron doncella que se atreviera a besarlos. Al principio me daban miedo, soñaba con ellos. También me daba miedo su colección de ídolos prehispánicos que una vez le ayudé a clasificar. Aún mantiene la tradición de echar las cartas el primer viernes de cada mes, en la noche va a misa, enciende un cirio y se confiesa. Dice que así se burla de los curas. Mi abuela era de izquierda porque la vida no le había dejado otra alternativa. Cuando llegamos a vivir a Villa Olímpica tenía novio, un médico chileno que la dictadura había dado por muerto entre tantas torturas. Los domingos andaban en bicicleta. Mi madre no me dejaba subirme con ellos, nunca me dejó tener bicicleta, por miedo a que me atropellaran o se me deformaran las piernas, decía que eso no era bueno para el ballet. El colmo fue el día que la oí contarle a alguien por teléfono que la hija de una amiga suya había perdido la virginidad por una caída de la bicicleta. Mamá le decía a mi abuela que a su edad, tener novio era hacer el ridículo. Pero para mi abuela no había nada más importante que el amor. Me repetía que no moriría hasta verme enamorada. Cualquier sacrificio vale la pena enfrentarlo. Es lo único que nos hace sentir vivos y es lo que menos valoramos. Querer es fácil, encontrar quién te ame es lo complicado, decía, y me contaba los obstáculos que había tenido que librar para estar con el hombre que la amaba.

Mi abuela conocía el destino. El mío lo tenía en sus cartas. Sabía de mis abortos. Lo leyó en el tarot. Mi madre odiaba que me calentara la cabeza con esas cosas. Mi abuela le respondía que las cartas eran más sabias que su Biblia. Cuando me las echaba veía mucha sangre, muerte, llanto. Nunca me advirtió nada, pero yo notaba que sufría, que se le quebraba la voz. Al levantar la vista de la mesa, su mirada reflejaba una gran compasión. Entonces me aconsejaba embarazarme de Antonio. Pica los condones con un alfiler. Ese hombre te quiere, me aseguró, es bueno, pero está adolorido. Pasa por un momento difícil. Sufre, hija, sufre. Ponlo en un frasco de miel, verás cómo se ablanda y endulza.

Tu casa era mi refugio, Antonio. La mía es un desastre, nunca encuentro nada, aunque guardo mucho orden con mis diccionarios, tengo más de treinta y adoro el *María Moliner*. Ahora puedo no encontrar mis zapatillas, pero que se pierda el *Collins* o el *Trésor* me pone loca. Un día descubrí que no utilizamos las palabras para

lo que fueron creadas, comparaba un diccionario con otro, llené
cuadernos donde transcribía las diferentes acepciones. Me rega-
laste una Moleskine donde escribía frases extrañas o incoherentes
que oíamos o pescábamos al azar. Pero si no traía la libreta me las
apuntaba en la mano o en donde fuera. Una noche al levantarme el
vestido descubriste mis piernas llenas de palabras, eran tantas que
me hizo falta más piel que abecedario. Hasta que una noche me
dieron las seis de la mañana y seguía copiándolas de un cuaderno
a otro. Dijiste que no podías más, que estabas enloqueciendo. Si
cada cabeza es un mundo, cada palabra es un universo. La mayoría
decide y la gramática se hace según la mayoría, gritaste al tiempo
que los aventabas por la ventana. Apenas iba en la jota, te dije llorando, resignada. También a la palabra escrita se la lleva el viento,
te escuché antes de llevarme a dormir.

Trabajabas con la luz del atardecer, tus mejores estudios foto-
gráficos eran a esa hora. Me mostrabas que el ocaso estaba lleno
de claroscuros, de colores violáceos. Ponías música de Chopin. A
mí no me gustaba. Te decía que era melancólica, que pondría tristes a las rosas blancas que comprabas cada semana en el mercado,
pero esa música me recordaba a Lauro. Prefería que escucháramos
a Enya. Decías que así limpiabas las vibras. No sé, pero yo en tu
casa me sentía tranquila, segura. Desde nuestra primera separación, para no extrañarte, los domingos en la mañana tomo café
con Vivaldi, y me compré la música que escuchábamos juntos:
Chet Baker, Jimmy Scott, Billy Holliday. Decías que el jazz es la
música clásica del siglo xx. Un ritmo claroscuro. Abría una botella de vino tinto a media luz y bebiendo te olvidaba, hasta que de
tanto beber comenzaba a recordarte.

Mi amor por ti se niega a ser pasado, me dicta estas palabras
que son mi presente, palabras que decidirán tu mañana. Debo
tener confianza otra vez en las palabras, confiar en que lo solucio-

nan todo. Necesito saberte mío, aunque sé que ni a ti te perteneces. Necesito saberte cerca, saberme contigo, aunque ya me tienes completa. Necesito pedirte un milagro: que no me dejes. Muéveme como una parte de ti, como el brazo cruzado en tu pecho. Me haces falta. Me dejaste cuando necesitaba tu apoyo. Sigo buscándote en mi cuerpo, mis manos aún huelen a tu piel. Quiero parar con mis dientes los relojes. Volverlos atrás. Encerrarte en mi casa, demorar la despedida. Congelar el abrazo. Perpetuar el beso. Dormir eternamente con tu sexo dentro de mí, protegiéndome de mis pesadillas y de mis dientes bravos en la noche. Se hace eterna la espera. Mato el tiempo como puedo. Desperté en la madrugada llorando. Te pedía en mi sueño que no me soltaras, que no me dejaras ir. Dios te había hecho a su imagen y sepultura. Te había puesto dentro de los ojos dos diamantes de fuego. Ahí estabas frente a mí, viéndome con esa mirada que tanto conozco, que me daba miedo enfrentar, devorándome como si fuera lo último que quedara en el mundo. Me consumen los celos, la impotencia de saberte perdido. Estoy cansada de mis ojos. Descubro que mis ojos son de agua, que mi cuerpo es de agua. De verdad no sabes cuánto te quiero. Es demasiado, duele. ¿Por qué me exiges tanto y te pides tan poco? Odio saber que mi felicidad depende de ti. Descubrir que soy nada. Menos que una pulga. Por eso te decía rata, hijo de puta. Anclaba mis dientes en tu cuello. Me defendía de tu amor que, poco a poco fue ganando espacio hasta ocupar cada rincón de mí. Te quiero más de lo que siento. Te puse dentro de mi mundo, en un lugar inaccesible para mis demonios. Paso las horas pensando cada palabra que nos dijimos. Estos días se han hecho infinitos, insoportables, como un invierno. Me refugio en mis recuerdos, como los adictos renuevan su fe cada día para sobrevivir. Quiero huir de mi casa, ya nada me pertenece, ya no necesito nada, ni siquiera estos recuerdos hechos de carne y sangre de nosotros. Quiero que me hagas el amor sin horas de sueño, sin hambre, asfixiados. Tragar bocanadas de tu aliento para volver a sumergirnos en las profundidades. Este sábado que lloré en tus brazos no era por la despedida. Quería que me rescataras.

43

No QUIERO PRONUNCIAR TU NOMBRE. ¿Qué decirte que no te haya dicho? Palabras que no me hagan sentir culpable, utilizada. Construimos un mundo donde no cabía el adiós, la libertad y la confianza lo habitaban. Entendía tus limitaciones y amaba tus virtudes, tú aceptabas mis excentricidades y adorabas mis manías. Compartimos un espacio sin fin. Me sentí segura y contenida a tu lado. Pero no quisiste entender el tono de mi voz, el reflejo de mi mirada, mi fragilidad. ¿Cuántas cosas pueden pasar en una noche? No debería estar aquí, sola. Quiero irme. No sé a dónde. Quiero dejar de esperar. ¿Qué sigue? No me atrevo a responderme. ¿Cómo seremos tú y yo después de esto? ¿Qué quedará de nosotros? Si nos volvemos a encontrar, ¿cómo nos miraremos? ¿Quién dirá la primera palabra? ¿Seguiremos siendo amigos? Quizá nunca lo fuimos y el tiempo sólo hace lo suyo. ¿Qué tanto de verdad habrá en tus ojos? Ojalá que no vea el mismo horror que descubrí en tus fotografías. ¿Conoceremos el arrepentimiento? ¿Dirás perdón, contestaré lo mismo? ¿Me habrá crecido el cabello? ¿Cuántos insomnios habrán avivado tu cama, haciendo amaneceres eternos? ¿Cuánta luz entró por tu ventana? ¿Qué palabras se dicen para salvar los silencios, después de hacer el amor? Esas que tanto gastamos. Ya no habrá planes inconclusos. ¿Cuánta dicha se reflejará en mis ojos al mirarte? Lo mismo que mi dolor al no escuchar tu voz. ¿Cuánta angustia? Dime, ¿qué hago con esto que dejaste palpitando entre mis manos?

44

ODIO LAS BECAS DEL FONCA, odio que seas fotógrafo, odio tus cámaras. Pobres de los hombres, no los puedes dejar solos un par de semanas. Se van con la primera que encuentran. A principios de febrero empezamos a planear nuestros cumpleaños. Cuando tenía ocho o nueve años sacaba cuentas de la edad que tendría en el 2000: treinta. Me veía bailando en los mejores escenarios. Soñaba con el aplauso del público. Me suponía ya con un hijo, pero no imaginaba la cara del padre. Estaba sola, como madre soltera. Mis compañeros del Colegio Americano decían que habría coches supersónicos, que serían manejados con el pensamiento. Mi madre aseguraba que para el 2000 habría un Papa negro y nacería el Anticristo, que el mundo se iba a acabar. Tú y yo hablamos otra vez de Matilda, la hija que tendríamos. Si es niño le pondremos Lucas. En dos años tendré cuarenta, buena edad para criar un hijo, dijiste. Nunca he entendido tu afán de contar la vida por décadas. Desde que te conozco hablas de esos cuarenta, de la gran exposición que has planeado para ese año.

Desde que fuimos a Veracruz te notaba extraño, distraído. Te dije que estabas más delgado, que la barba se te había encanecido. Me dijiste que te había vuelto la migraña. Pero coincidió con la visita de tu amigo italiano. Cuando me lo presentaste apenas lo saludé y se encerraron en tu estudio. Me pareció un tipo sucio, desconfiado, no tenía cara de fotógrafo o artista de Florencia. No traía maletas, su único equipaje eran unos lentes oscuros que nunca se quitó de la cara y un sobre amarillo abajo del brazo. Para averiguar quién era, qué quería, traté de escuchar atrás de la puerta. No alcancé a oír nada y me cansé de esperar a que salieran. Cuando regresé de comprar cigarros ya no estaban, pero dejaron un olor peligroso en la casa. No llegaste a dormir. No llamaste para decir dónde estabas. Tampoco quisiste volver a hablar de él. Olvídalo, no debiste haberlo conocido, me advertiste.

El 14 de marzo ha sido el día más importante de mis últimos años. Fui a Bellas Artes a ver a Ignacio Toscano. Me recibió en la puerta del Palacio y me dijo que tenía que mostrarme algo. Recorrimos todas las salas, el sótano, me abrió puertas que yo desconocía, subimos y bajamos escaleras hasta terminar en el escenario, al pie del gran telón de Tiffany. Me preguntó qué veía. La platea, le respondí. Estas butacas son tuyas, los balcones, el gran emplomado, los aplausos, las luces, este escenario es tu palacio, recupéralo. Montemos de nuevo *Carmen*. Si hace un año te desapareciste, ahora no te dejaré escapar. No ha habido otra Carmen como tú, me dijo. Estoy a punto de cumplir 30 años, le respondí. Confía en mí. Te juro que es lo que más quiero en el mundo, volver a bailar *Carmen*. Moría de ganas de confiar en él. Pero ese momento maravilloso, donde sentí que renacía de las sombras, que volvía por lo mío, se esfumó cuando me felicitó por la beca que te dieron para ir a Nueva York en un intercambio de residencias del Fonca.

Moría por conocer Nueva York. Cuando estuve a punto de ir sólo llegué a Tijuana. Fue en el tiempo en que anduve con Serrano. Él era patrocinador de un *técnico* de la lucha libre, cuyo nombre de máscara era el Invisible. Se llamaba así porque decía que era

indestructible, como el cáncer. En el ring era un tipo feroz, un des-
quiciado, un luchador nato. Por eso Serrano lo protegía, se identificaba con él. Invisible tiene las agallas que a mí me faltan para
luchar en la vida, me confesó una de las noches que lo acompañé a
la Arena México. Estábamos muy pasados. Desde la tribuna gritá-
bamos cualquier majadería. Bebíamos tanto que Serrano y yo salíamos cargados por sus guaruras, mentando madres al que pasara.
Fuera de la lucha, Invisible era uno de los tipos más tímidos que
he conocido. A pesar de sus dos metros de estatura, era tan gris
que pasaba desapercibido. Si no hubiera sido por su máscara, que
nunca se quitaba, hubiera pensado que era un niño grandote. A
mí me atraía su mundo, su fuerza, su doble personalidad. Desde el
principio sentí que yo le gustaba, pero nunca se atrevió a decirme
nada. Vivía con su madre en la colonia Buenos Aires, muy cerca
de la Arena, en dos ocasiones acompañé a Serrano a su casa. La
primera, caímos sin avisar y tardó en salir por ponerse la máscara
al saber que yo estaba en el coche. Cuando Serrano le pidió que se
descubriera el rostro para complacerme, no quiso. La segunda vez
fue para partir una rosca de Reyes. Llegamos antes del anochecer,
el auto de Serrano y el de sus guaruras llamaban la atención. La
gente nos miraba al pasar. Circulábamos despacio por tantos tipos
que se cruzan ofreciendo autopartes. Por la ventanilla los veía peda-
leando bicicletas, cargando enormes pedazos de cualquier marca.
Con los brazos llenos de tatuajes, tan fuertes como los fierros que
transportaban. También me sorprendió ver la competencia de lujo-
sos altares a la santa Muerte, a san Judas, a Jesús Malverde o a la
Guadalupe, casi en cada esquina.

La casa de Invisible estaba pintada de rosa mexicano. Tenía
dos balcones y aún presumía la iluminación de Navidad. En la
cochera, un nacimiento de tamaño natural nos dio la bienvenida. Vi
pósters de él en las paredes y sus trofeos alineados en la vitrina

del comedor, además de fotos con Tinieblas, el Hijo del Santo, el Perro Aguayo. Habían cerrado la calle y medio barrio estaba en la fiesta de los Santos Reyes. Nosotros pagamos la música. Esa noche bailé salsa como nunca en mi vida. A Invisible le hacía mucha ilusión sacarse el muñequito. Ésa fue la única vez que estuvimos los dos solos. Me llevó al cuarto de su mamá para mostrarme los vestiditos que ya tenían listos para vestir al Niño Dios. Al pedirle que me mostrara la cara me di cuenta de que estaba temblando. Su máscara platinada hacía juego con lo que relumbraba en la casa y con el traje blanco que usaba como si fuera el anfitrión de *La Isla de la Fantasía*. Sus ojos eran de un café intenso, nítido, muy dulce, y un hombre con esa mirada no podía ser feo. Moría de curiosidad. Si te quitas la máscara, será nuestro secreto, le prometí. No quiso. Se disculpó diciendo que no quería desilusionarme. Con sus enormes manos tomó una de las mías. Transpiraba. Lo abracé fuerte al pie de la cama, que tenía una colcha roja y encima un gobelino con dos tigres peleando a muerte bajo una puesta de sol. Creo que me enamoré un poco, pero nunca me acosté con él. Para que no salgas, Antonio, con que me acuesto con todos los hombres. Cuando le pregunté a Serrano si Invisible era muy feo, contestó que como cualquiera.

Quería ir a Nueva York para conocer al American Ballet Theatre. Además porque allá vive Baryshnikov, a quien adoro. Fuimos a Tijuana, poco antes de que Serrano se volviera loco. Enfrentaríamos el campeonato máscara contra cabellera. Si ganábamos, iríamos a Nueva York a festejar. Invisible me habló de una mala corazonada, me pidió la bendición antes de salir al ring y juró, besando mis dedos en cruz, que ganaría. La pelea fue en el Hipódromo Caliente, que estaba repleto. Antes de la nuestra que era la estelar, hubo cuatro o cinco peleas. Para ese día Invisible estrenaba las botas y la capa. Él insistió para que también la máscara fuera nueva pero su madre lo regañó, dijo que sería un suicidio porque antes habría que usarla varios días para curarla. Así que usó la misma con la que yo lo conocí. Eso me dará suerte, se volvió para decirme antes de que fuera a ocupar mi lugar.

Al escuchar su nombre por el altavoz entró alzando los brazos, presumiendo el pecho moreno y lampiño de superhéroe. Cinco escuálidas edecanes lo acompañaron al ritmo de la música que tocaba como su himno de guerra: *Amor eterno* en versión rap, presumía que el mismo Juan Gabriel le había hecho los arreglos. La pelea comenzó pareja. La gente gritaba, querían verlo sangrar o que le arrancara las greñas al chicano. En el fondo creo que ya no me importaba Nueva York, mi curiosidad podía más, quería que perdiera, que lo despojaran de su máscara para verle la cara. En plena lucha le avisaron a Serrano que doña Francisca, la madre de Invisible, había muerto. Íbamos perdiendo. El chicano contra el que peleábamos era un rudo muy mañoso. Mamá Pancha, como le decíamos a la madre de Invisible, tuvo en sus buenos tiempos una sastrería especializada donde les hacía los trajes y máscaras a los luchadores de la Arena. Por su casa desfilaron los grandes del ring, decía orgullosa, y presumía que a todos los había visto encuerados. Les aconsejaba cómo vestirse, cómo tratar a las mujeres. Siempre había querido que su hijo fuera luchador. Ella inventó la máscara, diseñó la capa y le puso el nombre que vio en un cuento de aventuras de Tarzán. Los domingos la acompañaba a la lucha libre, vestido con su nuevo traje. Tenían sus lugares reservados en primera fila y mientras Mamá Pancha hacía un remiendo exprés a una máscara desgarrada, Invisible brincaba en los pasillos ensayando llaves. Desde niño se acostumbró a usar la máscara. En las fotos que había en su casa, las de sus cumpleaños o de la primera comunión, empuñando una vela y en la otra sosteniendo un librito, enfrentaba al fotógrafo con su traje, las botas altas, la capa y la máscara con la que, según su madre, adquiría poderes que lo hacían indestructible.

Antes de la tercera caída, el médico nos dijo que Invisible tenía la nariz rota y un oído reventado, que apenas mantendría el equilibrio. Le pedí a Serrano que detuviera la pelea, pero se negó. Me contestó que había muchos millones de por medio, que no estaba dispuesto a perder, que se jugaría la mejor carta que le había caído del cielo. Recordé las palabras de Invisible: arriba del ring soy un animal, mato. Lo miré de otra manera, estaba solo, nadie podía levantarlo de la lona si caía. Tanto dependía de sus manos, como la noche que yo estrené *Carmen*. Tenía que llenar el teatro. La Compañía se sostenía de mis puntas. Antes de escuchar la última campanada, Serrano decidió que le avisaran lo de su madre. Ya verás cómo se pone, me dijo. Enloqueció. Sacó fuerza de no sé dónde y terminó venciendo con su llave más popular: la Paralítica. Ganamos el campeonato, pero tuvimos que volver al D.F. esa misma noche.

Lo recordé, Antonio, el año pasado que te acompañé varios fines de semana a la Arena México a hacer las fotos para ese libro de aniversario. Saludé a Lupillo, el que vende los refrescos. Me recordó muy bien. Al preguntarle por Invisible me comentó que ya no seguía en las tablas, desde la muerte de Mamá Pancha no se había vuelto a parar en un ring. Que seguía en la Buenos Aires trabajando en su consultorio. Nunca supe que además de luchador era dentista. También mencionó que Serrano seguía yendo de vez en cuando a la Arena. Nos invitó unas cervezas y prometió que me lo saludaría. Por lo menos Invisible se había retirado invicto.

45

ESTABA SEGURA de que el italiano te había traído noticias de Marissa. Por eso dejé de besarte, de coger contigo. Mi cuerpo no te reconocía. En las noches que me tocabas yo sólo quería la verdad. ¿De quién era la ropa de mujer que estaba en tus cajones? ¿Qué quería ese tipo? No es que me inventara historias, como me reclamabas. La verdad era evidente y tu comportamiento tan raro. Quería escucharte decir que me amabas, que me habías extrañado, que nos iríamos juntos a Nueva York. Pero te decía basta, déjame dormir. Me sentí utilizada. No es posible encontrar fidelidad en un hombre. Siempre has coqueteado hasta con las paredes. Me echaste en cara mis celos. Por fin una madrugada desperté y llené de gritos la cama. Estaba harta de tanto silencio, de fingir que no pasaba nada. Soy combativa, desconfiada y nunca termino por entregarme. Gran parte de la culpa la tienes tú. No pudiste detener los hechos. No supiste retenerme o querías hacerlo con engaños y silencios. Te dije que volvería a bailar *Carmen*, que Ignacio Toscano me había propuesto remontarla y no le diste importancia. Nunca has querido escuchar lo que yo he anhelado. No era necesario gritártelo para que lo entendieras. Ahí estaba mi vida, mis sentimientos y ni aun con tu buen ojo los pudiste ver.

No has sabido conocerme. ¿Por qué tendría yo que cargar con culpas de tu pasado? Te acorralé con preguntas. Por algo no querías que estuviéramos más en tu casa. Era tan contradictorio tu discurso. Hasta que descubrí que tú mataste a tu hermano.

El miedo es lo que junta a dos que dicen amarse. Miedo a la enfermedad, al hambre, a estar consigo mismo, a lo desconocido. El gran miedo a enfrentarse a la vida. Eso es el amor, una sustitución de personas y lugares más que un sentimiento. A menudo la culpa nos hace volvernos a enamorar. Decías que el amor es la mayor agresión que existe, que el amante deja de ser él mismo para meterse en la piel del otro, en sus pensamientos, que sufre por querer ocupar el tiempo del otro. Los amantes son cazadores de vivencias, coleccionistas de perpetuidades momentáneas, matan para transformar al amado en recuerdo, para poder llorarlo y expiar culpas. Una vez me gritaste que el amor es una gran mentira. Te amo para siempre. Mentira. Eres mi norte. Mentira. Eres el amor de mi vida. Mentira. Odio tu manera de amar, de relacionarte, tu miedo al compromiso, al abandono. Nunca me hiciste sentir segura de tu amor. Eras tan frío que me dabas miedo, como si nada te conmoviera.

Nunca me gustó que me retrataras. Trabajando eres un tirano de la cámara. Gritabas, presionabas, me volvías loca para conseguir mi mejor mirada, el ángulo más dramático de mi existencia. Tenía que aguantar una posición dolorosa para que consiguieras exactamente aquello que buscabas. Odiaba tus nervios que sabías controlar, como tus movimientos y cada palabra. Querías hacerme el amor sin importarte que terminara llorando. Desde que comenzamos a salir te advertí que sufría de celotipia, que no aguantaba saberte rodeado de mujeres. Me mostraste las fotos de Italia diciendo que allá no todo era *glamour*. A lo más que he llegado es a rescatar a Pascuala, a mostrar la realidad con mi trabajo, contestaste aquel día que te pregunté qué habías hecho por esos niños. El mundo está tomado por los malos. No hay lugar donde puedas refugiarte. Los gobernantes nos llevan a una muerte segura. Repetías que cuidarías de mí, que Dios te había puesto en mi camino para protegerme. ¿Hasta dónde sentías que al salvarme, te rescatabas? Odiaba tus silencios, que no me castigaras por haber vuelto a beber o por reventarme la nariz con tanta coca. Después lo entendí. Me quedó claro por qué no querías volver a Europa, por qué te negabas a usar celular y nunca contestabas el teléfono de tu casa, dejabas que entrara el contestador. Vivías encerrado en tu cuarto oscuro. Torturado por el miedo, por delirios de persecución, en una psicosis de guerra que yo suponía que te inventabas. ¿De quién te escondías, de la Camorra, de tu padre o de ti mismo?

Ese último día que estuve en tu casa no sabía por dónde empezar. Tuve que ir descubriendo realidades, atar cabos. Encontré la maleta que siempre tenías lista, como las mujeres a punto de parir. Abrí los baúles Rubbermaid. Pesaban tanto como tu pasado. Tenían gomas de no sé cuántas fronteras. Les habías adaptado cerrojo y candado. No tardé mucho para dar con las llaves. Al abrirlos vi las fotos oscuras que tomaste con tu cámara, desde el trípode, el mes que estuvimos encerrados. Intercambiamos roles y acabé sodomizándote. Vi las miles de fotos que me habías tomado dormida en tantos meses. No me reconocí, me dio miedo la mirada de esas otras yo, tan ajena. Me sentí manipulada. Sentí cómo tus ojos veían dentro de mí al cerrar los míos. Vi fotografías de yonquis tirados en escampados del puerto de Nápoles, en secuencia, jeringa en mano, a punto de probar un nuevo corte de droga, hasta caer muertos, acalambrados. Vi fotos de niños de la calle, también en secuencia, siguiendo la evolución de su decadencia a lo largo de los años, con inscripciones al reverso como: «Sufrimos un padecimiento mortal: la vida». «Si el agua de mar se pudiera beber, no me alcanzaría para lavar mis culpas». Vi cientos de fotos de sombras, en ese momento recordé lo que un día me dijiste, soy un fotógrafo de sombras.

Vi fotos tuyas en el Colegio Militar, vestido con tu uniforme de campaña, abrazado de Manuel, tu mejor amigo de esa promoción. Caí en cuenta de que en ningún otro sitio de tu casa había fotos de ti, ni de tu familia, como si no quisieras reconocerte. Tú mismo decías que las fotografías son memoria y era como si desearas borrar la tuya. Me enteré que tú eras el hijo menor, que tenías cuatro hermanas y un hermano que había muerto unos meses antes de graduarse en el Colegio Militar. Que él siempre había sido el favorito de tu padre, el primogénito, digno heredero de su ejemplo y apellido, al que habías matado accidentalmente con su propia pistola. La misma que encontré al fondo del baúl, envuelta en un trapo negro, junto con algunos juguetes. Geraldine habría dicho que esos accidentes no existen, son actos intencionales. Traiciones del subconsciente.

Vi la fotografía ligeramente retocada de una mujer de cabello negro y vestido de noche. Usaba un collar de perlas. Al reverso decía, «Ningún hombre podrá calmar el llanto de un niño amamantándolo, 1955». Vi las cartas de tu mamá, donde te pedía que te reconciliaras con tu padre. Él ya no te culpaba por la muerte de tu hermano y reconocía el sacrificio que habías hecho al seguir la carrera militar para honrar su memoria. Recordé que alguna vez bromeaste con que estabas viviendo tu cuarta vida. Apenas pude llorar al leer que el viejo, en la Navidad de 1993, te acusó de haber llevado la desgracia a la familia, de haber manchado su nombre en el ejército cuando desertaste en medio de un gran escándalo sexual con Manuel. Al siguiente día tu amigo se estrelló en el avión que piloteaba. Tampoco lo pudiste salvar. Tu padre había puesto en ti su esperanza. Y el cañón de su pistola apuntándote al corazón. Pero la artritis que lo tenía confinado en una silla le quitó la fuerza para disparar. Por eso te fuiste a Chiapas el siguiente mes que estalló la guerrilla zapatista. Querías demostrarte que no le tenías miedo a la muerte. Por tu padre estuviste en ambos bandos, perdido en la selva, huyendo desde la tarde que el general López Ortiz te mandó llamar con urgencia y frente a un mapa te señaló los movimientos para recuperar Chiapas. Te mostró las rutas de escape, las posiciones de sus hombres, de la guerrilla, te dio un salvoconducto y te advirtió que tu padre te había preparado una emboscada. Hombres cercanos a él tenían órdenes de matarte.

También recordé cuando me explicaste lo que en la Camorra es la venganza transversal, la muerte en vida, dijiste. Matan a las personas que tienen algún lazo de unión con quien quieren castigar: madre, padre, esposa, hermanos, primos. No hay lugar del mundo que sea seguro. Pero al que traicionó lo dejan vivir. Por eso tus misterios, tus secretos que me daba miedo averiguar. ¿Callabas para protegerme? ¿O quizá pensabas que yo era una soplona? Ahora entiendo por qué sólo me tocabas en la casa. En la calle jamás íbamos de la mano, con tu pretexto de verme caminar dejabas que fuera unos pasos adelante de ti, y en el restorán hacías como si no viniéramos juntos.

Encontré muchos recados anónimos con amenazas. La carta que venía con las fotos de Marissa. Te sentí tan ajeno. Tan lejos de mí. Nunca me contaste que habían vuelto después de que ella se fue con tu editor del periódico. Tampoco me dijiste que había muerto al poco tiempo, que esperaba un hijo tuyo. Que tenía siete meses de embarazo. Te sentías culpable por no haberla rescatado, culpable de haber vuelto con ella. De no ser así, estaría viva. Marissa no tuvo un sepelio multitudinario por las calles de Nápoles, ni cientos de flores, tampoco el llanto de la madre, la abuela, las tías y la novia de los *ragazzos* ejecutados que mirabas desde tu cámara, una vez por semana. Abriéndote paso entre los campanazos, entre los gritos y aplausos de las mujeres que los lloraban como si fueran héroes. La muerte de Marissa fue sólo una más. Te creíste capaz de seguir retando a la Camorra porque tenías la protección de la policía. ¿A quién se le ocurre confiar en la policía? No te importaron las llamadas anónimas ni las cartas de advertencia. La muerte de tus amigos. Vi la foto de uno de ellos con el cañón de su cámara metido en el culo. «Solo, en un hoyo oscuro y húmedo pasará el muerto el resto de su vida», anotaste al reverso. No te extrañó el aislamiento al que te confinaron los que te rodeaban. La negativa del periódico a seguirte publicando después de entregarles las fotografías que le hiciste al mafioso Francesco Mazzarella en plena autopsia, destripado en la morgue. Cruzaste la línea. Tampoco quisiste aceptar el parte de la delegación que archivaba el caso de Marissa como un accidente más de los viejos autos de Italia. Te sentías culpable. Si esa noche hubieras ido al periódico por ella en tu moto, seguiría viva. Los remordimientos no te han dejado vivir. De cualquier modo habrías llegado tarde. Su muerte era inevitable. Por fin decidiste volver, huir a México cuando recibiste la carta de advertencia y las fotografías de Marissa con el vientre reventado.

46

CUANDO POR FIN ME CONFESASTE tu viaje a Nueva York, casi un mes después de que yo lo supiera, fue demasiado tarde. Me pediste irme contigo. Seguramente planeabas huir de nuevo. ¿Creíste que alejándote, me salvarías? O querías llevar contigo a la tipa talla 3 que había dejado sus calzones en tu clóset, la que llamaba por teléfono y cortaba al oír mi voz, con la que usaste los tres condones que faltaban en tu cajón. Te reclamé no habérmelo propuesto antes, la ropa que había encontrado, tu romance con la perra anfibia de Samantha. Nunca me habías querido como yo quería que me quisieras, como lo necesitaba. Tú, callado, como acostumbras. Te aventé a la cara el sobre amarillo que te trajo el italiano, eran fotos mías, de mi madre y de mi abuela. Te volví a preguntar quién era, si nos perseguía, si yo era la siguiente de su lista. Si estuviera en peligro me lo dirías, ¿verdad? ¡La Camorra me tiene sin cuidado!, te grité y me fui con mi abuela.

Sentí el corazón estrellarse en mil pedazos. Quería que mi abuela me echara las cartas, me diera un amuleto y me hiciera una limpia, pero salió con sus consejos anticuados. Esa tarde me fui al aeropuerto. Tenía unas ganas infinitas de llorar, pero sentía que me faltaban lágrimas y razones suficientes para sacarte de mi vida, para justificar tu abandono, tu falta de interés. En el aeropuerto sobran motivos para llorar, y puedes hacerlo sin que nadie te vea raro o se acerque a consolarte. Camino a la sala de embarque me apoyé en un pilar y miré a una pareja joven, ella con un bebé en brazos. Lloraban inconsolables. Él se despedía y antes de dar la vuelta regresó a los brazos de ella. Más lejos había una mujer vestida de negro, quizá una viuda. Lloraba con pudor, despidiendo a quien podría ser su hijo. Cerca de mí otra pareja se prometía amor eterno, hacían planes de próximos reencuentros. Esas cosas que se dicen los amantes en las despedidas y que ambos saben que no se van a cumplir. Ella era argentina. Se aguantaban las ganas de llorar, no lloraban. Al pasar la mujer el arco detector de metales y perderse de vista, a él se le desbordaron unos lagrimones que me rompieron el corazón y comencé a llorar. Ensimismada en mi despedida te nombraba, Antonio, te reclamaba, te pedía perdón, ganaban de nuevo los reclamos. Imaginé que te ibas, te dejaba partir, sin pelear te soltaba. Pasé la tarde caminando por las salas del aeropuerto, sin dejar de llorar.

47

ME ESTOY VOLVIENDO LOCA. Tengo el alma rebosada de dudas, de miedos. Siento un vacío enorme. Fumo demasiado y no debería. Ya no tengo café ni cigarros. Antes, las llamadas de mi madre eran para reclamarme o pedirme dinero. Me presionaba para que tuviera un hombre a mi lado, que para eso me había educado. Ojalá que sea un muchacho de buena familia. Mira que el tiempo pasa y los hijos no se dan en maceta, terminaba por soltar. Últimamente habla para contarme las enfermedades que se inventa. Dice que pronto va a morir. Yo le repito que mala hierba nunca muere. Hace unos días que hablábamos por teléfono le volví a mencionar París, le recordé que desde niña he soñado con el Palacio Garnier. Ella me pidió disculpas anticipadas por tener que cuidarla cuando se haga vieja. Hija, perdona si en algo modifico tu vida, pero tú trastornaste la mía. Hija de puta, yo no le pedí nacer. Dice Geraldine que es obligación de los padres cuidar a sus hijos, pero no que los hijos mantengan a sus padres. La dejo hablar, ya no me importa lo que diga. ¿Será una señal que Nicolás se cruzó en mi camino? Te he dicho, Antonio, que me sueltes, que no respondas mis llamadas, que yo siempre te buscaré. Soy adictiva. Sólo tú puedes dejarme ir. Quizá yéndome a París te deshagas de mí. Nicolás no mencionó nada de llevarme con él, pero sé que al enterarse, me buscará. ¿Será Antonio el amor de mi vida? ¿Qué te dicen tus cartas, abuela? le pregunté la semana pasada. Esa pregunta sólo la contesta el corazón, me respondió.

48

MI ABUELA ME TIRÓ LAS CARTAS VARIAS VECES. Volvía a empezar al insistir una y otra vez la rueda de la fortuna. Le pregunté qué significaba. Me explicó que es un arquetipo de cuando la vida da un gran vuelco. De improviso las estructuras se rompen y caen. Sucede algo que no esperas y se tambalean las certezas. Es momento de soltar los apegos materiales. La rueda es la vida y los monos que ascienden y descienden son pasado y futuro. Mientras, una esfinge tranquila los contempla desde el presente. Pero ella no está dentro del movimiento de la rueda sino que ve desde afuera. Contempla el devenir. Unas veces eres pasado y futuro, otras, eres la esfinge que vive el ahora, espera tranquila y mira. Yo sé la diferencia entre vivir y sobrevivir. Ser los monos de la rueda o ser la esfinge que deja que la vida fluya, como un pequeño dios que acompaña sabiamente, le dije y ella me respondió: Una tarde un árbol lucía su follaje, lo contoneaba con orgullo, lo presumía al viento, al sol, sabía lo preciado de su sombra. Se tomaba tan en serio su tamaño que quiso, desde las entrañas de la tierra, alcanzar el cielo, pero antes de terminar el año, poco a poco se fue quedando desnudo y la hoja más verde que coronaba su desplante no soportó más y se desprendió. El viento jugó con ella, la elevaba a las barbas de las nubes y la dejaba caer con violencia, la revolcó en el lodazal, quiso ahogarla entre las aguas del río, la puso a la orilla del camino para que los hombres la pisaran. La hoja no se dejó amedrentar y fue hasta que estuvo a punto de ser fuego cuando entendió su naturaleza pequeña, su frágil condición. El mismo viento que tanto le había enseñado la rescató, la arropó con tierra, y la hoja ofreció su cuerpo para alimentar el abrigo caliente que ahora la contenía, ser raíz de otro árbol y saber que pertenecería a la tierra. Mi hijita, la vida es como ese viento que nos vapulea y nos enseña. El orgulloso árbol son nuestros miedos, frustraciones y vanidades, que sin querer les damos sombra. Tú eres esa hoja que se ha desprendido del gran tronco, y has andado entre las patas de los caballos, arrastrada por la adversidad, pero has entendido las pequeñas cosas que son realmente importantes. El principio de algo grande que se construye poco a poco.

Mi abuela, Raúl, y tú, Antonio, han sido mis maestros. Me regalaron los grandes secretos, los grandes escenarios, los grandes amores. Los he visto en mis sueños, arriba de pedestales, como estatuas gigantes sostenidas por escarabajos. Eran tan grandes que no se podían mover. Estaban de espaldas, pero yo sabía que eran ustedes, que habían olvidado ya los pequeños detalles, los pequeños deseos, las pequeñas ilusiones, y estaban llenos de pequeños rencores, de pequeños atajos para llegar a ningún sitio. Ahora descubro que me equivoqué. Creí que podía amar lo grande, y descubro que amo lo pequeño, los trayectos largos. No siempre la grandeza es equiparable a la posibilidad de dar. No siento desprecio ni lástima por nadie, ni me creo un ser superior. El proceso del guerrero es así: respeto por sus maestros, pero con nuevas armas que le permitan superarlos.

49

QUISE SER BAILARINA, para ser yo misma en el cuerpo de otras. Quería escapar de mi destino. No repetir la vida mediocre de mi madre, su mundo de fantasías. Las mías eran otras. Necesitaba escapar y reinventarme una y otra vez. Desde que Raúl me conoció, aseguró que yo era Carmen. ¿Qué es más importante para una bailarina: las piernas, los brazos, el arco del pie o el cabello? Una bailarina no está en sus puntas, sostiene su equilibrio en la mirada, en su pasado, insistía Raúl. Miró en mi cuerpo alguna señal, descubrió en mi rostro la pasión que deja el dolor de vivir. Cuando bailé *Carmen* por primera vez, estuve a punto de no estrenar. Faltando unos minutos para salir al escenario, no encontré las zapatillas que tenía previstas, amoldadas a los pasos de Carmen. Hice que revolvieran el teatro buscándolas. Fue como si se las hubiera tragado la tierra, como si alguien no quisiera que las usara esa noche o deseara restarme voluntad. Sentía a unos pasos el afinar de los instrumentos, el rumor de la gente en la sala. No quería llorar. No podía llorar o arruinaría el maquillaje. Cuando escuché la tercera llamada aún estaba descalza, decidiéndome, con Raúl en la puerta del camerino, esquivando a la gente que entraba o salía a prisa. Él me presionó para que estuviera lista en dos minutos. Afuera es un hervidero de chismes, me dijo, no sé si para tranquilizarme o ponerme peor. Yo había hecho el remedio que me recomendó mi abuela. Cállales la boca a esas envidiosas me dijo y escribí en un papel el nombre de cada una de ellas. Fuimos al mercado a comprar una lengua de vaca. La corté a la largo, como un sándwich, metí el papel en medio y la lengua al congelador.

Sentí Bellas Artes distinto, ajeno a mí. Como si presintiera una desgracia. Una opresión en el pecho que no me dejaba respirar. Es un ataque de angustia, me advirtió Raúl. No me muevo de aquí hasta que estés lista. Si es necesario te llevo arrastrando al escenario, me volvió a advertir. Cógeme, cógeme ahora y vente adentro de mí, así me llevo tu fuerza al escenario, le supliqué. ¡Cállate niña!, me dijo alzando la mano. Por ese tiempo tuve mi primer problema de adicción, pero a él no le importó. En los ensayos me racionaba tanto la coca que me sentía torturada. Al tratar de enfrentarlo me fue peor. No vuelvas a ponerme una mano encima, me defendí y fue como habérselo dicho a la pared. Justo al escuchar los aplausos al director de la orquesta, alguien entró para decir que mi madre estaba al teléfono diciendo que no llegaría, que estaba hospitalizada por un fuerte dolor en el vientre. La noticia surtió el efecto contrario. Mis nervios se transformaron en coraje, una rabia que sólo podía contener la prisa que revive Carmen en cada *attitude* por encontrar el amor, por alcanzar su destino en los acordes mortales de la orquesta, por la pasión y la sangre de Don José. Estaba tan exaltada que yendo al escenario Raúl me dijo: al fin eres la Carmen que descubrí en tus ojos desde el primer momento en que te vi. Sólo el público podrá contenerte. Serás la mejor Carmen que jamás hayan visto. No quise que me abrazara. Bailé con las zapatillas de *Giselle*. Tenía un par para cada pieza. El teatro estaba a reventar. Querían ver a la bailarina que sería la última creación de Raúl, a la que le había dado su último año de vida. Conocer a la mujer por quien lo había arriesgado todo. Yo quería reventar las tablas con mis puntas. Escuchar las exclamaciones del gran público. Esa noche sentí la música como puñales de luz que me atravesaban la carne. El escenario era mío. Lo inundaron de claveles, de gritos, de aplausos que aún suenan en mi corazón. No quedé conforme, supe que podía dar más. Raúl guardó silencio, su mirada reprochó lo mismo. Carmen jamás cederá, libre nació y libre morirá.

50

NICOLÁS ES AMIGO DE JORGE. Me lo presentó en el coctel de fin de año de la editorial. Por mucho tiempo fue editor de Gallimard y ahora se dedica a la filantropía. Es presidente de una fundación para los niños huérfanos de los Balcanes. Un hombre educado, ambientalista, habla cinco idiomas y tiene cincuenta y cuatro años. *Oh l'amour, toujours l'amour,* contestó cuando le dije que ya no quería saber nada de los hombres. *Tes yeux me transpercent, ma Madeleine de Proust,* me dijo entre el humo de un cigarro. Visitamos museos, fuimos a Teotihuacan. Disfrutaba su conversación, su gusto por el buen vino. Era inevitable que termináramos en la cama. Creí que en Nicolás había encontrado el amor. Aunque no me prometió nada. Fui yo la que descubrió en sus palabras lo que tanto he querido escuchar decir a un hombre. El romance duró menos de un mes. El día que él se fue a Oaxaca, yo me fui a Chacala.

Nicolás me recordaba a Lauro. Tenía un roce afeminado y olor a rancio, a ceniza de tabaco en las axilas, como el de Conrado y Raúl. Ese olor que de niña me gustaba, me acercaba al mundo de los adultos. Fue con Lauro con quien realmente perdí la virginidad. Esto a nadie se lo he contado ni siquiera a Mario, a quien le hice creer que él había sido el primero. El día que corrieron a Lauro de la sinfónica y que fue a dar a la cárcel acusado de violarme, sería nuestro último día juntos. Me abandonaba. Dejaba la Compañía por mí. Nuestro amor es imposible, apenas eres una niña, me dijo. Esa tarde, ante sus ojos, perdí la virginidad con una botella de Coca-Cola. Yo misma me la metí. ¡Ya no soy una niña!, le grité.

51

ME DIJISTE QUE NO habías podido olvidarme. Que a pesar del desastre de tu departamento seguían saliendo cabellos míos entre tu ropa interior, en los rincones del baño, como por arte de magia debajo de tu almohada. Por eso te sorprendió verme la cabeza rapada. No es que quiera cumplir 30 años con un nuevo *look*. No. Simplemente ya estaba harta de mí, quería cambiar, mostrarme al mundo, presumir mi nariz como una herencia o un destino. Desde que te fuiste no he hecho más que llorar, arrepentirme de todo y de nada. Amarte y odiarte con la misma intensidad con la que me desprecio. He fumado tanto. Así pasé la noche del sábado y el domingo. Hoy que prendí la televisión vi a mi padre muerto, como una maldición que me persigue, como la historia que viví con Raúl y que también ahora padezco. Como si mi vida caminara en círculos. Este año tampoco podré volver a bailar *Carmen*. De nuevo tengo que tomar decisiones. Odio tener que tomar decisiones. Odio sentir que me tienes en tus manos. Odio creer que llamarás. Cada noche me iré a la cama odiándote con toda mi alma.

El viernes antes de que llegaras me enviaste unas rosas muy lindas y una carta: Cuando te escribo palabras como éstas quisiera hacerlo con la mano izquierda, porque está más cerca del lugar en el que vives: mi corazón. Es inevitable que te extrañe, no dejo de pensarte, de preocuparme por ti. Sé que eres fuerte, que estás hecha de luces e instintos, por eso es que confío en que volveremos a estar juntos. Es como si el tiempo nos diera otra oportunidad para volver a intentarlo, como si el mundo fuera una inmensa ánfora de cristal que a fuerza de nado nos vuelve a reunir. No dejes que muera asfixiado con mis propios suspiros. Que sigamos perdidos. Estoy cansado de no encontrar horizonte ni puerto en este frío cristal de ilusiones y acero. Esta carta no tiene firma, ya no sé cómo me llamo. Ponle el nombre que quieras, Luis, Pedro, Roberto, el nombre que quieras, ya no sé quién soy. Leí tu carta y no me atreví a romperla. Me puse a llorar. En la noche me prometiste que volveríamos a ser los de antes. Que me fuera contigo a Nueva York. Allá estaríamos a salvo. A veces el amor no es suficiente. Llegaste tarde Antonio y yo no podía esperarte. Nunca me habían regalado un anillo de compromiso, se veía precioso en mi mano. Nunca sentí que tomaras decisiones desde el corazón y ésta era una de ellas. El tiempo del amor ya se fue. Hubo otros momentos para la conquista, el cuidado, la contención. Ahora las rosas ya no significan más que impotencia. Lamento mucho mis palabras descarnadas, directas. Pero es mi estilo. Yo sí te cuidé. Fui sincera, honesta, y la honestidad es también una forma de respeto. Ahora es importante que me cuide a mí misma. Que concentre mi energía en mí.

Aun así insististe en quedarte conmigo. Yo no quería hacer el amor, y a la vez tenía una necesidad inmensa de tenerte, de no soltarme de ti jamás al despertar, de seguir en ese sueño infinito de estar en tus brazos. No pude más y me entregué. Me amaste como nunca. Me pasé el viernes y el sábado llorando en tu pecho. No entendías por qué. Al fin te confesé cuánto te amaba, te dije que sin ti me moriría, te lo repetí porque estaba segura de que ibas a dejarme cuando supieras que estaba embarazada.

Volvimos sobre lo mismo. Sobre el recuerdo de aquel aborto espantoso que yo quería olvidar. Tus reproches me llenaron de rabia. Era mi vida la que había estado en juego. Cómo saber que se iba a complicar de esa manera. En pleno aborto el doctor se dio cuenta de que eran gemelos, que había esperado muchas semanas. Que ya era imposible dar marcha atrás. Nunca fuiste claro. Si quieres una amiga, dímelo, si quieres una amante, dímelo, si quieres un hijo, nunca me lo dijiste. Desde ese día, en tu mirada he visto un destello de reproche. Cómo saber que me arrepentiría, que después me pesaría tanto. No lo hice a escondidas de ti. No aborté por rechazo a tener un hijo tuyo, como alguna vez reclamaste. No tenía por qué avisarte ni pedirte permiso. Tuve miedo, algo crecía en mi vientre, soñaba que poco a poco me devoraba hasta ganar su propio espacio. Me quitaba energía, había una pesadez en cada paso y un malestar que no se me iba con nada. Estaba a unos meses de reestrenar *Carmen*. Sentí que me volvía loca. Ahora no voy a perderlo, ya no, aunque conozca tan poco a Nicolás y no me responda las llamadas. Aunque te vayas y no vuelvas. Este hijo es mío.

Cualquier mujer siempre sabe cómo quedar embarazada, todo es cuestión de esperar a que lleguen los días de ovulación. Una semana antes me le desaparecí a Nicolás, cuando nos vimos de nuevo me deseaba tanto, estaba tan desesperado por tenerme, que lo hice terminar en cinco minutos adentro de mí, te conté. Sólo las mujeres tenemos el poder natural sobre la vida y la muerte. Los hombres tienen la fantasía de que ellos son los que mandan, los que pagan y poseen. Creen que el mundo gira alrededor de su pene. Pero conmigo no ha sido así. Yo decido con quién salgo y dejo de hacerlo. Insinúo lo que necesito. Porque entre las piernas tengo lo más valioso del mundo y si quiero puedo tener a diez hombres a mi alrededor esperando cumplir mis antojos. Cualquiera de ellos se quitaría la camisa para tenderla a mi paso o llevarme cargando.

Los hombres son tan básicos que, con tal de ganar, les dejas ver un poco más allá del escote y pierden, son como nenes en busca de mamá. El tono de voz adecuado, la mirada indicada y unas cuantas lágrimas desarman a cualquiera. Son tan vulnerables, basta un comentario acertado para bajarles la moral y la erección hasta el piso. Ésta soy yo. ¿Tú creías que me cuidabas? ¿Que estaba contenta y plena a tu lado? Yo marco el tiempo de cada encuentro, yo decido con quién me acuesto y a qué hora. Las mujeres siempre tendremos la última palabra y como toda hembra yo decido de quién me embarazo.

Nunca había visto a un hombre llorar como tú la noche del sábado. Ahora fui yo quien te tuvo en sus brazos. Antes de dejarme escuché tus reclamos. Jamás te vi tan enojado. Sé que querías ofenderme, que querías lastimarme. Dejé que tiraras, que rompieras, que amenazaras. ¡Mátame, mátame!, te grité y te puse un cuchillo en las manos. Tenía que cumplir el destino de la Carmen que había sido en cada paso de mi vida. Lo empuñaste y por un instante me diste miedo. Tu mirada era otra. ¡Mátame!, si eres tan hombre. ¡Cállate!, me gritaste. Inmoral, no tienes respeto por nada. ¡Cállate! ¿De quién huyes? ¿Quién nos persigue? ¿De quién tengo que cuidarme? Dime la verdad, Antonio, por primera vez, dime la verdad, aunque ya lo sé todo, vi tus fotos, tus cartas, he sentido tu miedo, tu soledad y me das pena. Tanta pena. ¡Cobarde, eres un cobarde hijo de puta!

Me sorprendió tu frialdad. Odio tus silencios. Sabías que tarde o temprano descubriría tu pasado. El colmo fue tu respuesta. Me pediste que abortara este hijo, de un desconocido, como yo misma califiqué a Nicolás. ¿Por qué ahora no? ¿Por qué aborté tus hijos y éste no? Si para mí es tan fácil hacerlo. Me recordaste que en mi año con Serrano aborté dos veces. Pues ni él con su dinero y sus relaciones pudo conseguir un médico. En este país de mierda las mujeres no pueden decidir sobre su cuerpo y su futuro. Ni siquiera sus sueños. No nos está permitido, por eso actuamos desde las sombras. Me exigiste que abortara y todo volvería a ser como antes. No supe qué contestar. Me dio lástima tu egoísmo. En medio de mi llanto te dije: ¡Nunca fui tuya, Antonio! ¡No soy tu mujer! Nunca me habitaste. Siempre serás un huésped. Terminaste suplicando sin saber qué decir, mientras yo te gritaba, ¡este hijo es mío, mío, mío!

52

ME IMPORTA UN BLEDO que Belisario Rojas haya muerto. Ese hombre nunca fue mi padre. Mañana comenzaré a trabajar de nuevo. Voy a limpiar este muladar. Mañana empezaré mi nueva vida. Hoy ya no quiero saber más. Tampoco quiero que vuelvas, Antonio. Nada quiero de ti.

Sé que voy a extrañarte, lo siento en la profundidad de mi cuerpo, en la rugosidad de mi lengua, en mi garganta que se hace cada vez más estrecha. Me lo dicen mis huesos que ya comienzan a dolerme. Pascuala llora en los rincones sin saber por qué, será porque estoy más sola que ella y la gata lo sabe, lo saben las lámparas que reflejan luz amarga. La duela de mi casa que ya no siente el peso de tus pies ni el rodar de tus ganas. Ya no estás para abrazarme, para sentirme. Te fuiste sin darme tiempo de defenderme. Te lo dije y ya no pude decir más. Si abría la boca sería para besarte. ¡Qué ganas de besarte de nuevo! Si te besaba no podría desprenderme de tus labios. Acompasarías mi respiración y el latir de mi corazón. Sentí asfixiarme en mi propia casa. Sentí que el piso se hundía bajo mis pies y estaba segura de que no estarías ahí para sostenerme. Me dejaste con los brazos abiertos y el tiempo enloquecido. Te he buscado durante años, te he esperado como los huesos a la columna vertebral para poder erguirse. Desde el primer momento en que te vi supe que tú eras mi complemento, más todavía, mi otro yo con distinto sexo. Supe que me querías, me lo dijeron tus ojos de miedo. Quise hacerte el centro de mi vida, mi primer motivo para levantarme de la cama. Mirarte soñando que mis brazos te cobijan. Bailar para ti. Me niego a creer que ya no me quieres, que me odias por no saber cómo defenderte de mí. Que maldices la noche en que nuestras miradas se cruzaron, que jamás volveré a verte.

Ayer dormí sin ti, sin el olor de tu piel, sin el refugio de tu pecho, sin tu abrazo en la madrugada. Te busqué en los rincones de mi cuerpo. Busqué algo tuyo, un pedazo de olor, una lágrima, un viento solar hecho nudo en mi bajo vientre. Busqué como si hubiera oro en tu recuerdo. Como en un pajar de letras hasta encontrar las que dijeran tu nombre. No encontré nada, ni siquiera a mí. Nada de los dos, de este amor. Siento que te perdí, y me asusta la costumbre de no escucharte, no olerte en las noches y dejar de buscarte a mi lado. Me asusta dejar de amarte, de ya no vivir la intensidad de tus brazos. Ayer pasé la noche sola, en un espacio tan grande como el cielo, entre sábanas que se arrugaban sin que tu cuerpo pudiera calentarlas. Me miro al espejo y desconozco mi cara. Mi sangre te reclama, aunque ya no sea mía, ni mis ganas sean ya tus ganas. Confío en ti, en el mundo que creamos. Yo seguiré con la práctica mortal de amarte, de sufrirte un poco más. Esperando tu llamada. Atendiendo tus silencios. Te has llevado un trozo tan grande de mí que volverás. Sé que volverás. Estoy segura que volverás. La vida está hecha de adioses y reencuentros definitivos. Te amo y me duele amarte con toda mi alma.

No puedes dejarme en paz, mamá. Estás a punto de tirar la puerta. Primero el teléfono y ahora aquí, afuera. No te voy a abrir. No quiero verte. Necesito descansar. Alejarme. Mañana voy a casa de mi abuela a pedirle que me explique lo que sé y me resisto a creer. Que me cuente de nuevo el final de esta historia que me niego a terminar. Que me ayude a entenderlo y a aceptarlo como es, como fue. ¡Déjame en paz, mamá! ¡Ábreme, hija! ¡¿Por qué no contestas el teléfono?! ¡¿Por qué no me hablas?! ¡Ábreme! Anoche mataron a tu abuela, Teresa. Teresa.

Cállate niña, de Rodolfo Naró
se terminó de imprimir y encuadernar en octubre de 2011
en Programas Educativos, S. A. de C. V.
calzada Chabacano, 65A Asturias DF-06850 (México)